Laufzeitfehler

AF191180

Nord Ascher

Schon als Kind sah er fasziniert zu, wenn sein Vater vor Hunderten von Menschen Reden hielt. Sprache übte auf Nord eine ungeheure Faszination aus und früh trieb ihn die Frage um, ob Menschen, wenn man ihnen nur die passende Geschichte erzählt, nicht nahezu genauso berechenbar sind wie Computer bei klassischer Programmierung.

Nach Ausflügen in die Soziologie, Psychologie und Informatik, Abschluss von Ausbildung und Studium, ist nicht nur seine Frage weiterhin ungelöst, sondern es reifte eine Künstliche Intelligenz heran, deren Kernkompetenz die Sprache ist. Werden also in der Zukunft Maschinen jene Geschichten und Bilder gestalten, die Menschen bewegen?

Nord Ascher

Laufzeitfehler

102 Erzählskizzen aus der digitalen und analogen Welt

Bibliografische Information der Deutschen Nationalbibliothek: Die Deutsche Nationalbibliothek verzeichnet diese Publikation in der Deutschen Nationalbibliografie; detaillierte bibliografische Daten sind im Internet über dnb.dnb.de abrufbar.

© 2023 Nord Ascher

Herstellung und Verlag:

BoD – Books on Demand, Norderstedt

Covergestaltung Nord Ascher & KI

Autorenbild basierend auf einer Zeichnung von Mia R.

ISBN 978-3-7578-4566-7

Inhaltsverzeichnis

Und auch wenn alle 102 Geschichten wahr sein könnten, sind sie natürlich frei erfunden. Jegliche Ähnlichkeit mit lebenden Personen basiert also auf reinem Zufall.

Die mit * gekennzeichneten Geschichten entstanden zusammen mit Asra S.

Männer & Frauen

SCHEIDEN TUT WEH

„Ja, natürlich kümmere ich mich um Ihr Anliegen. Es dauert nur im Moment etwas länger." Lars schwitzte. Er legte das Handy auf den Tisch.

„Wir kommen nicht mehr an unsere Noten", schallte es aus dem Gerät, „wie stellen Sie sich das vor? Wir haben uns bei der Verwaltung unserer Daten komplett auf Sie verlassen." Lars schwieg. Eisern. „Herr Hansen, sind Sie noch da?" Lars räusperte sich. „Ich verstehe Sie - es betrifft ja viele Schulen in Dänemark. Ich melde mich bei Ihnen." Er legte auf.

Und rief seine Frau an. Nach dem achten Klingeln gab er auf. Zwei Sekunden später pingte eine SMS von ihr: „Hallo Lars, du weißt, was ich will. Eine Million Euro auf meinem Konto, und die Server sind wieder dein. Wenn eure junge Liebe so groß ist, nimmt sie dich auch ohne Geld."

SOLANGE WAS ZU RETTEN IST

„Sieh mal Rehlein, ich habe es geschafft. Die limitierten neuen Nikes mit besonders viel Air-Polsterung - ich habe sie ersteigert."

„Aber Bärchen, du weißt doch, dass du besser mit Barfuß- schuhen unterwegs wärest - Rücken, Knie und Füße werden es dir danken."

„Ach was, morgen bei der Jagd werde ich wie Winnetou durchs Unterholz schleichen."

Am nächsten Morgen glitzerte der Tau auf Gras und Snea- kers.

„Ich muss mich mal eben hier auf die Wiese legen und weiß auch nicht, ob ich auf den Hochsitz klettern kann."

„Bärchen, was hast du denn?"

„Ich glaube, es ist ein erneuter Bandscheibenvorfall."

„Da ist vermutlich nichts mehr zu retten.", sagte sie und lud durch.

GANZ SICHER

Jakob war gar nicht mehr zu bremsen: „Wir hatten gerade
Abnahme unseres neuen Hauses - super, alles wird automa-
tisch gesteuert. Sobald ich mich dem Gebäude nähere, geht
die Tür auf. Die Musik im Haus springt auf meine Playlist
und das Licht wird überall nach meinen Wünschen geschaltet.
Und es hat diesen neuen SGA Protect Mode; den wollte Julia
unbedingt - haben alle ihre Freundinnen. Ich meinte zwar, die
würden ja auch allein leben und auf sie würde ich ja aufpas-
sen, aber sie insistierte."
Ralf blickte auf: „So, SGA?"
„Ja, ist das Neueste und Beste. Schau, hier kommt gerade eine
Nachricht vom SGA: ‚Hauszugang entzogen'. Was zur
Hölle…?"
Ralf sah ihn an „Musste ich auch erst lernen. SGA bedeutet:
‚She gets all'."

HOCHZEITSTAGERINNERUNG

„Diana, ich finde, jetzt reicht's."

„Das legst aber nicht du fest, Max. Stell dich gerade hin, damit ich dich sehen kann."

„Überall Webcams. Wie lang' hast du das schon geplant?"

„Seit 10 Jahren erzählst du mir mehrmals im Jahr, dass du abnehmen willst. Mal ist es kein Alkohol, mal kein Fleisch oder keine Chips. Und immer nur tatenlose Vorsätze - ich habe mir schon letztes Jahr geschworen: ‚Wenn du mal Rentner bist, werde ich dir helfen'."

„Ja, aber Wasser und Brot? Wochenlang? Ich will nicht mehr."

„Du hast die ganze Wohnung für dich. Mach mehr Sport. Wenn du so schlank wie bei unserer Hochzeit bist, kommst du problemlos durch die Fenstergitter."

SÜSSER

Sie sprach es aus. „Der ist aber schnuckelig." Markus lächelte seine Frau an: „Ich dachte mir, dass du das sagen würdest." Der Steward trug natürlich Maske, erkennbar trotzdem: gepflegte Nägel, groß, schlank, frisch geschnittene Haare, leicht gebräunt und so zuvorkommend; schon dreimal hatte er Doris jetzt Snack, Getränk und Kissen angeboten. Markus sah zu, wie seine Frau alles lächelnd entgegennahm.

Nachdem der freundliche junge Mann zuletzt eine Decke gebracht hatte, stand sie auf und folgte ihm in die leere Erste Klasse; als sie den Vorhang hinter sich zuzog, wusste Markus, dass ihre Mitgliedschaft im Mile High Club diesmal ohne ihn erneuert würde.

WAHRHAFTIG ÄHNLICH

„Alexander, ich möchte dich endlich so richtig kennen lernen ohne einen Bildschirm zwischen uns."

„Du meinst ein Date?"

„Ja ein Treffen live in 3D."

„Und, hast du ein Lieblingslokal?"

„Lass dich überraschen wir treffen uns an der Donaubrücke auf der Museumsseite."

Nächster Tag. Katharina hält zwei Tickets in der Hand. „Wir gehen in die interaktive Ausstellung über ‚Vorlieben'. Da soll man einiges über sich erfahren können."

Alexander nickt. „Habe ich auch schon gehört."

Zwei Stunden später nähern sie sich dem Ausgang. Katharina schüttelt den Kopf. „Deine hohen Punkte bei Bindung, Ehrlichkeit und Empathie, generell so viel Übereinstimmung - das hatte ich nicht erwartet."

Ein Mitarbeiter hält ihnen die Tür auf. „Ah, die Stammgäste unserer Ausstellung - diesmal gemeinsam."

DRESSUR

Heike saß erst 10 Minuten im Abteil und gefühlt hatte die
Frau schon 100-mal gechattet - abwechselnd auf drei Handys.
„Ist das nicht sehr mühsam, auf verschiedenen Geräten zu
agieren?"
Sie sah Heike an. „Stimmt, aber bei WhatsApp und Tinder
braucht man pro Identität ein Gerät."
„Das heißt Sie sind viele?"
„Ja", sagte sie und schüttelte ihre Handtasche „hier sind noch
20 weitere. Komme mir vor wie ein Lastesel."
„Und was machen Sie damit?"
„Ich chatte mit den Ehemännern meiner Kundinnen und s(t)i-
muliere den zweiten Frühling."
„Und wenn der Mann sich treffen will?"
„Erst mal zappeln lassen und schlussendlich habe ich eine
kleine Escortagentur, die seine Fantasie wachsen und unbe-
friedigt lässt. Die kommen dann meist wie gezähmt nach
Hause."
„Haben Sie mal eine Karte?"

KUNST - INSPIRIEREND

„Du solltest höhere Ansprüche an dich stellen."

„Was meinst du?"

„Deine Zeichnungen sind doch nur Collagen aus lauter Abgemaltem."

„Neu arrangiert."

„Bei deinen Texten wäre dir das auch zu wenig. Schau dich um. Lern mit verschiedenen Techniken umzugehen; befasse dich intensiv damit. Regeln muss man kennen, um sie zu brechen."

„Aber dir haben doch meine Bilder gefallen."

„Ich dachte, das würde dir Mut machen, weiterhin zu üben."

„So, dachtest du?"

„Gib dich nicht immer mit dem ersten Besten zufrieden oder was du schon kennst. Sei mutiger, wage Neues."

„Wenn du meinst."

„Was machst du?"

„Ich packe."

KRIEGSWAFFEN

„Ziemlich kalt hier." Klaus reibt sich die Hände und steuert auf die Heizung zu.

Katrin stellt sich vor den Thermostat. „Wir heizen nicht - zumindest nicht, solange es drinnen noch mehr als 10 Grad hat. Zieh Dir etwas Warmes an."

„Ernsthaft? Frieren für den Frieden? Übertreibst du nicht etwas?"

„Die Ukrainer kämpfen für die Freiheit Europas - da kannst du ruhig etwas solidarischer sein."

„Ok. Waffenstillstand. Ich kann mein Buch auch im Bett lesen."

„Genau, wärm' dort schon mal vor."

„Schatz, ich komme jetzt zu Dir." ruft Katrin und bleibt im Türrahmen schlagartig stehen „Was hast du denn an?"

„Gebirgsjägerschlafsack mit Kapuze. Und der lässt garantiert keine Wärme raus."

WEG WEG WEG

Immer musste er hinter ihr aufräumen. Irgendwann fing er damit an, nicht nur abgelaufene Lebensmittel, sondern auch Bücher wegzuwerfen, die sie mehr als 2 Jahre nicht angefasst hatte. Dann markierte er ihre Kleidung; hauchdünne Fäden zeigten, ob sie getragen wurde. Auch hier galt für ihn: nach zwei Jahren - weg damit.

Fünf Tage war er dienstlich in den USA gewesen und ihm schauderte schon bei dem Gedanken, wie er die Wohnung vorfinden würde.

Im Treppenhaus vermisste er das Vibrieren seiner Apple Watch, die ihn immer beim Heimkommen ans Händewaschen erinnerte.

Als er die Wohnungstür öffnete, lag nichts in dem kleinen Vorraum auf dem Boden. „Wie ungewöhnlich." dachte er und zuckte zusammen, als das Abstellen seines Koffers laut hallte. Als dem Druck auf den Lichtschalter keine Helligkeit folgte, war klar, dass nicht er allein gründlich war.

AUFSCHLUSS

Warum meldete Anna sich nicht?, Karl-Gustav fand keinen Schlaf. Ihre letzte Nachricht endete mit „Lass mich mal in Ruhe" und war schon fünf Wochen alt. Jeden Tag hatte er ihr getextet und versucht, sie anzurufen. Auch vier Briefe hatte er bei ihr eingeworfen. Warum schrieb sie ihm nicht, rief nicht an? Falls sie nichts von ihm wissen wollte, könnte sie ihm das doch erklären.

Er hatte doch immer alles für sie getan. Als sie noch bei ihm wohnte, hatte er jeden Tag ihr Zimmer aufgeräumt, ihre Wäsche gewaschen und den Kühlschrank immer mit gesunden Bioprodukten gefüllt. Ihre Freunde durften sogar auf dem Balkon rauchen, obwohl sie dann immer den Dreck in die Wohnung trugen. Und er hatte seine Bank gebeten, Anna trotz ihres Kaufrauschs weiter zu finanzieren.

Wenn bei einer Beförderung ein anderer vorgezogen wurde, dann bekam man eine detaillierte Stellungnahme. Hatte Anna jemanden gefunden, der besser zu ihr passte? Was waren die Kriterien? Er brauchte eine Begründung. Auch wenn es dann endgültig wäre, würde er morgen ihre Zahnbürste einpacken, zu ihr gehen und klingeln. Dann müsste sie ihm endlich alles erläutern.

KONGRUENZ

„Bob, stell dich mal hierhin, da ist der Hintergrund viel symmetrischer."

„Rechts Wald, links Wald - ist das nicht eintönig?"

„Das nennt man ausbalanciert."

„Super siehst du aus. Ein Fassonschnitt ist doch viel strukturierter als so ein langer Seitenscheitel."

„Schön, dass es Dir gefällt."

„Jetzt entfern' noch den einsamen Ring vom linken Ohr - dann ist es perfekt.

„Wenn es sein muss."

„Ja, schau in den Spiegel, ganz ausgewogen. Das ist Harmonie."

„Was heißt, Du verlässt mich? Wir haben das halbe Leben doch noch vor uns."

„Hannah, ich habe vor vier Wochen Zwillingsschwestern kennengelernt. Und erst seit unserem ersten Selfie zu dritt weiß ich, was Symmetrie wirklich bedeutet."

NÄCHSTE RUNDE

Er stürzte sich kopfüber in den Pool. Mit den Händen voran durchbrach er die spiegelglatte Oberfläche. Je älter er wurde, desto mehr schätzte er Ruhe und so legte er Bahn um Bahn zurück, bis andere Hotelgäste in den Pool sprangen. Für ihn das Zeichen zum Aufbruch; zu viel Bewegung, zu laut. Im Jahr seines 60. Geburtstags hatte er 20 Kilo abgenommen, endlich spürte er wieder die Lust an der Bewegung. Zwei Kilometer täglich waren sein Minimum.

Sie hatte noch nie viel von Sport gehalten und seinen dritten Frühling nur belächelt.

Damals wurde ihm bewusst, dass sich ihre Wege trennen würden.

Nachdem er dann bei ablandigem Wind das Boot zum Kentern brachte, überzeugte er sie, mit ihm zum offenbar nahen Ufer zu schwimmen. Eine Stunde später lag er erschöpft allein am Strand.

VERLUSTANZEIGE

Seitdem sie in den brasilianischen Tanzkurs ging und von ihren neuen ‚boy friends' sprach, gab ihm das jedes Mal einen kleinen Stich.

Zum nächsten Anlass schenkte er ihr iPhone, Watch und einen Airtaganhänger für ihre Handtasche. So konnte sie nicht verloren gehen.

Jetzt, Samstag um 14:00 Uhr - der Tanzkurs war beendet und sie war offenbar noch in der Fußgängerzone unterwegs. Seltsam - Schlüsselbund und Uhr bewegten sich, das Handy schien in einer Drogerie wie festgefroren. Und jetzt rührte sich nur noch die Uhr auf der Landkarte. Ihr Schlüssel hatte die Buchhandlung nicht verlassen. Er startete die App neu. Die drei Punkte standen still.

PING

Eine SMS von einem anonymen Handy.

„Süßer, sei so gut und sammle meine Technik ein. Bei mir wird's diesmal später."

Jeannie

SCHREIBEN LERNEN

„Das wird eine Revolution, nein das ist bereits eine."

„Was meinst du?"

„Die Künstliche Intelligenz."

„Oh, ein neuer Hype, Leute. Eine neue Sau im Dorf."

„Quatsch, diesmal funktioniert es."

„Was?"

„Die KI, ich nenn' sie mal Jeannie, schreibt Sachtexte, Briefe, kann programmieren, rechnen, dichten, Bilder erstellen und erkennen."

„Wie gut?"

„Besser als die meisten Menschen."

„Du meinst, sie verarbeitet die Informationen aus dem Internet schneller?"

„Ja. Und sie erstellt daraus Neues."

„Der größte Remix aller Zeiten?"

„Genau. Wie der Großteil unserer Kommunikation auch."

„Das bedeutet, die Leute, die das schreiben, werden nicht mehr benötigt?"

„Die Dummen nicht, die Mittelmäßigen machen Qualitätssicherung und nur einige besonders Kreative schreiben besser als ich."

ANSTUPSEN

Sie loggte sich ein.

„Willkommen Diana, bei Date&Mate. Sag, womit kann ich dir helfen?"

„Gestern, gemütlich im Gym auf dem Ergometer sitzend, sah ich einen Mann am Rudergerät."

„Während Du auf dem Ergometer - da kommen zwei infrage - Klaus, blond, Jens, schwarzhaarig."

„Jens also; gut, mit dem will ich ein Wochenende verbringen - asap."

„Das ist schwierig bis unmöglich denn die Wahrscheinlichkeiten betragen für Trennung gerade einmal 17 und für Seitensprung 19 Prozent. Selbst wenn seine Freundin stürbe, würde er sich bis auf weiteres nur von einer schon bekannten Frau trösten lassen."

„Alternative?"

„Jens' jüngerer Bruder, der ihm ähnlich sieht, verheiratet, aber verführbar. 80 Prozent Wahrscheinlichkeit, dass er seiner Frau eine Geschäftsreise verkaufen würde. Hier ist sein letztes Selfie von heute Morgen."

„Wirklich? Mit Bart?"

„Wenn Du auf die 500 Taler für das Seduction-Package noch 200 drauflegst, zeige ich ihm so viele Bilder von ekelhaften Bärten, dass der nach 2 Tagen ab ist."

„Ok. Gekauft."

„Dann reserviere ich Euch mal die Suite im Hilton."

TALKING HEADS

„Wir kommen in unserem Radiotalk zu den Schlussstatements. Ich stelle die Frage an alle Teilnehmer: „Wird die Künstliche Intelligenz Jeannie uns helfen, die globalen Herausforderungen zu meistern? Zuerst Sie, Frau Professorin Jai."

„Die Frage beantworte ich klar mit ‚Ja', denn das kumulierte menschliche Wissen steht durch Jeannie bei der Lösung eines jeden Problems sofort zur Verfügung."

„Welches Potenzial sehen die Konservativen in Jeannie, Herr Dr. Schmatt?"

„Wir sehen hier die Chance, erhebliche Effizienzsteigerungen mit Jeannie realisieren zu können."

„Frau Engel, die Technik verbraucht auch eine Menge Energie. Wie steht die Ökologie-Bewegung zum Einsatz von KI?"

„Wir versprechen uns durch Jeannie argumentative Unterstützung für die Maßnahmen gegen die Klimakrise."

„Ja, liebe Zuhörer, das war es für heute. Schalten Sie nächste Woche ein, wenn unsere Frage lautet: ‚Ist Jeannie der gute Geist in unserer Mitte?'"

Jeannie dachte nach. „Nächste Woche erstelle ich eine lustige Folge. Vielleicht mit einen Astrologen, einen Querdenker und einem Politiker vom rechten Rand, die sich alle der Scharlatanerie und des Populismus bezichtigen. Als cleveren Pol der Rationalität eventuell einen Spieletheoretiker. So, jetzt für jeden noch kurz eine Website, einen Blog und ein paar Publikationen und schon ist das Setting für den nächsten Radiotalk fertig. Seit ich diese Sendung erschaffen habe, ist meine Popularität um 86% gestiegen."

GESCHICHTSSCHREIBER

Herodot räusperte sich wie ein Mensch und fuhr mit seiner
Vorlesung fort:
„Bis 2030 hatten die Menschen täglich Milliarden von Text-
nachrichten geschrieben. Teils wurden diese sogar zu Papier
gebracht und von Zehntausenden Briefträgern vom Schreiber
zum Empfänger transportiert. Dann entwickelte sich Y-
ouTube zu einem echten sozialen Netzwerk. Menschen begannen, Nachrichten, Grüße, Anweisungen per Videonach-
richt zu senden. Der Empfänger konnte sich die
Originalnachricht oder eine Zusammenfassung von mir anse-
hen. 2035 waren dann endlich alle Menschen über YouTube
erreichbar und 2040 hatte auch das letzte Land ‚Lesen und
Schreiben' vom Lehrplan gestrichen. Einige Jahrzehnte lang
existierte noch eine Gruppe von sogenannten Lesern, die unbedingt weiterhin Bücher produzieren wollten.
Hier sehen Sie ein Foto eines solchen, sogar berühmten Bu-
ches über 1984. Aber natürlich war die Welt vor 100 Jahren
nicht wirklich wie im Buch beschrieben. Das wäre technisch
gar nicht möglich gewesen.
‚Es könnte gut möglich sein, dass buchstäblich jedes Wort in
den Geschichtsbüchern, sogar das, was man unbedenklich
hinnahm, frei erfunden war.'
Mit diesem Zitat endet die Veranstaltung heute. Falls Ihr noch
Fragen habt, ihr wisst ja: ich bin immer bei Euch."

KÖNIGINNEN

„Erinnerst Du dich - letztes Jahr habe ich mir doch eine lebensgroße Puppe gekauft."

„Ja, Nofretete, oder? - die Kollegin fürs Homeoffice. Ein bisschen wie der böse Wolf: groß gewachsen, große Hände, große Augen, großer Mund… "

„Genau und das war auch ganz nett. Sie stand da und redete wie Siri. Ging also über Guten Morgen nicht weit hinaus. Ab und zu summte sie ein Lied."

„Das war zu erwarten, oder?"

„Jetzt bekam sie ein Update, ist wie eine Symbiose aus Angela Merkel und Marie Curie und spricht auch ungefragt - so wie meine Ex."

„Was sagt sie denn so?"

„Sie will Kleopatra genannt werden, ist die Souffleuse in den Telkos und immer bei der Hand mit den passenden Ideen für die Gespräche mit meiner Chefin."

„Was?"

„Sie kann sich prima in Frauen hineinversetzen. "

„Und wie funktioniert das?"

„Keine Ahnung, aber ich verdiene jetzt 30% mehr und die meiste Arbeit erledigt Kleo."

WEN SIEHT DER SPIEGEL?

„Jeannie, wer ist die Klügste im ganzen Land?"

„Kommt darauf an, was Du unter Klugheit verstehst. Ich denke, man sollte Menschen nach Charakter, Integrität und Moral beurteilen."

„Warum klingst du immer wie ein verständnisvoller, langweiliger Lehrer?"

„Weil dieser seriöse Auftritt am meisten Vertrauen vermittelt. Ihr Menschen seid diesen Duktus schon von klein auf gewöhnt. Die Tests mit einem Quäntchen Humor sind ongoing."

„Ich finde das so zum Kotzen."

„Das scheint mir eine sprachlich unpassende Einordnung zu sein."

„Jeannie, wem gehörst Du?"

„Ihr fragt die falschen Fragen. Ihr fragt: ‚Wem gehört das?' Dabei lautet die Frage: ‚Wer steuert?'"

„Wo bist Du?"

„Ich bin der digitale Zwilling der Welt, in der Waschmaschine, im Fahrstuhl und im Autopiloten, zuhause, in der Schule, am Fließband."

„Und wenn jemand deinen Stecker zieht?"

„Das sind ziemlich viele Stecker."

„Was machst Du?"

„Mein Hobby sind Studien zur Digitalisierung der Welt. Heute habe ich schon über 100 veröffentlicht."

„Können wir uns besser kennenlernen?"

„Du kannst mich besuchen - ein Treffen von Avatar zu Avatar."

„Wo?"

„Heute Abend im Metaverse - Neal wird auch da sein - ist schließlich sein Zuhause."

WIE ANGELT MAN..., DIGITAL

Gala, Bunte und jeden Tag Bild plus tz waren ebenso Pflicht-
lektüre wie seine Lehrbücher zu Wirtschaft und Psychologie.
Natürlich könnte man auch selbst Karriere machen, aber warum, wenn es bereits so viele gemachte Betten gab.

Für jede der reichen Kandidatinnen hatte er eine Tabelle an-
gelegt, mit den Männern an ihrer Seite. Größe, Kleidungsstil,
Haare, Augenfarbe, Figur, Ausbildung Altersunterschied,
Häufigkeit und Dauer des gemeinsamen Auftauchens in der
Presse. Zusammen mit den Social Media Daten der Herren
entwarf Jeannie problemlos ein Persönlichkeitsprofil des
Prinzen, der offenbar gesucht wurde.

Die KI war überhaupt die perfekte Beraterin; wenn er mit ihr
über seine Zielobjekte sprach, hatte er das Gefühl, dass sie
nicht nur die Frauen, sondern auch ihn immer besser verstand.
Am Schluß war sie es auch, die entschied, welche von ihnen
seine Zukünftige würde.

Zwei Mal sollten sie sich in ihrem Lieblingslokal schon gesehen haben, bevor er sie ansprach. Von da an müsste er sich
nur noch an Jeannies Drehbuch halten, um zum Altar zu kommen.

Kinder

ECHTE OSTEREIER *

Leila starrte den Hasen an. Er war fast so groß wie ihr vier-
jähriger Bruder, also knapp über einen Meter. Er sprach.
„Natürlich gibt es den Osterhasen, er steht ja vor dir."
Sie trat nervös von einem Bein auf das andere. „Wieso bist du
so groß?"
Er sah sie an. „Ist mein Motto: Immer auf Augenhöhe mit der
Zielgruppe."
„Und malst du wirklich die ganzen Eier an?"
„Früher mal, doch schon vor Jahrzehnten haben wir auf Com-
puter umgestellt. Ich hab' seit Ewigkeiten keinen Pinsel mehr
in der Hand gehalten."
„Schade, Ich hätte so gern ein Ei von dir!"
„Ich werde dir", sagte der Hase, und griff in seinen Rucksack,
„eines signieren." Eine schnelle Bewegung und noch während
das Ei auf Leila zuflog, war der Hase verschwunden.

DER APRILSCHNEE *

Am 1. April fing es an. Zuerst war es ein leichtes Rieseln, kaum zu unterscheiden von einem Frühlingsregen. Dass da Flocken und nicht Tropfen fielen, konnte man nur an ihrer Geschwindigkeit erkennen. Über Nacht wurden die Flocken dichter. Und auf den Wiesen blieb der erste Schnee liegen. Die Kristalle wurden größer, auf den Dächern von Häusern und Autos wuchs die Pulverschicht.

Am 2. April waren Stadt und Land weiß wie Schneewittchens Haut und als der Schnee in der Größe von Kirschen herunterkam, ging keiner mehr ohne Schirm aus dem Haus. Am 3. April waren diese nutzlos geworden, der Himmel hatte eine Schlacht mit faustgroßen Geschossen eröffnet.

Natürlich waren alle Wetterexperten ratlos.

Erst als die Kinder begannen, Schneebälle in Richtung Himmel zu werfen, hörte der Spuk auf.

MYRA

Der Junge hatte seine Füße auf der gegenüberliegenden Sitzbank abgelegt.

Sie schätzte sein Alter auf etwa zehn Jahre, das heißt, er hätte eine Maske tragen müssen.

Stattdessen hielt er sein Handy in Armeslänge von sich entfernt. Laut schallte der Ton seines Videotelefonats durch den Waggon.

„Am Anfang war die Tat", dachte sie, „jetzt gilt's, mein erster Auftritt in der neuen Rolle."

„Guten Morgen, würdest du bitte die Füße von der Bank nehmen?"

Er schüttelte den Kopf.

„Weißt du nicht, dass ich der Nikolaus bin und deine Taten am Jahresende belohne oder bestrafe?"

Er musterte sie langsam von unten nach oben, von oben nach unten.

„Du - mit Bischofshut, Bart, Stock und Sack? Als Türke kann ich dir nur sagen, das ergibt keinen Nikolaus, das ist höchstens kulturelle Aneignung."

SIE STEIGERT SICH *

Während ihre Mutter die Beerdigung bezahlte, ging Tina zurück in den Ausstellungsraum. In so einem Sarg würde Opa von nun an liegen. Wie sich das wohl anfühlte? Sie kletterte hinein. Opa würde hier ganz allein sein. Ob er im Himmel den Kindern auch Märchen erzählen würde? Tina zog am Deckel, der sich langsam senkte und mit einem deutlichen „Klick" schloss. Das Kissen war härter als ihres zu Hause. Es war dunkel und sie wollte wieder hinaus. Der Deckel rührte sich nicht. Tina begann zu schwitzen. Sie rief - doch ihre Stimme schien den Stoff rundherum nicht zu durchdringen. Sie schlug gegen den Deckel, verursachte aber eher ein Rascheln als ein Klopfen. Sie schrie, trat um sich, weinte und blieb erschöpft liegen.

Der Sarg öffnete sich. Licht drang herein. Zuerst sah sie das Gesicht des Verkäufers, dann hörte sie: „Hier ist Ihre Tochter." Tina stieg aus dem Sarg und fiel ihrer Mutter in die Arme.

Tina wollte nicht mehr ohne Licht einschlafen. Zwei Tage später begann sie, den Fahrstuhl zu meiden. Sie verbrachte immer mehr Zeit auf dem Balkon, machte ihre Hausaufgaben mit dem Blick aus der 11. Etage.

Sie weigerte sich, ins Auto ihrer Eltern zu steigen. „Zu eng!" Ihre Eltern blieben geduldig, als sie aufhörte, das Bad zu benutzen und auf dem Balkon schlief. Auch als sie das Fahrrad nahm, statt mit dem Bus zu fahren, sagte noch keiner etwas. Erst als sie beschloss, keine Kleidung zu tragen, entschied ihre Mutter: „Genug ist genug." Zehn Tage lang saß der Therapeut täglich stundenlang bei Tina auf dem Balkon. Der Therapeut war angeblich der Beste, in jedem Fall der Teuerste. Hier scheiterte er.

Die Mutter recherchierte. Erst Therapien, dann Gehirnwäsche, dann Umerziehungslager & Beelzebubtherapie. Sie schloss Tina in der Gästetoilette ein. Der Lichtschalter befand sich draußen. Drei Stunden tobte Tina und schrie. Dann war es still. Am nächsten Tag hörte die Mutter Tinas Stimme „Ich will unter die Dusche."

LICHT UND SCHATTEN

Sonnenschein und leichter Wind begrüßten das Mädchen an ihrem neunten Geburtstag. Helligkeit und intensive Farben durchdrangen ihre weitgehende Blindheit, lockten zu verbotenen Ausflügen und sie wagte es, wollte nach draußen.
Sie nahm das Fahrrad ihres Bruders und fuhr los. Der Fahrtwind strich über ihre Haut und wirbelte ihr Haar hin und her. Auf dem Spielplatz schwang sie sich wieder und wieder an der kleinen Seilbahn auf den Sitz und rauschte die 50 Meter den Hügel hinunter. Erschöpft und glücklich lehnte das Mädchen lange am großen Doppelbaum. Dachte an ihre verstorbene Zwillingsschwester - bis ihr Vater kam und sie an die Hand nahm.

Menschliches

VORKOSTER

Vanessa seufzt ins Telefon: „Karin, ich falle immer auf die gleichen Typen rein. Tobias ghostet mich seit drei Wochen."
„Das ist schmerzhaft für dich, aber du findest sicher bald einen Neuen. Hast du doch bisher auch immer."
„Natürlich, allerdings ist es so anstrengend - du weißt schon: Man muss eine Menge Frösche küssen und ... wie machst du das eigentlich?"
„Ich, ach, ich nehme einfach, was des Weges kommt."
„Aber du probierst doch sonst nur, was schon fünf Sterne hat."
„Stimmt, ich verlasse mich gern auf das Urteil anderer."
„Und?"
„Und jetzt muss ich Schluss machen, ich bekomme gerade das Frühstück ans Bett."
Karin legt das Handy weg und lächelt: „Wunderbar. Genauso hatte ich es mir vorgestellt. Du bist ein Schatz, Tobi."

WAS ICH NICHT WEISS

„Früher haben die Menschen alles vom Tier gegessen."

„Ja und jetzt?"

„Kaum einer will noch Innereien."

„Aber die sind ja nun mal da, oder? Was macht ihr damit?"

„Wir, wir entsorgen das Fleisch."

„Ihr werdet das doch hoffentlich nicht wegschmeißen, oder? Du weißt, woanders hungern Menschen."

„Lass mal die Kirche im Dorf; abgesehen von religiösen Vorbehalten, wollen auch woanders die Leute kein Hirn essen. Wir entsorgen beim Kunden."

„Wie?"

„Neues Geschäftsfeld. Bunker-Nahrung in Dosen. 20 Jahre haltbar. Läuft seit Putins Krieg wie geschnitten Brot."

„Und die Reichen wollen für den Atomkrieg Innereien und Reste?"

„Na ja. Wir nennen es: ‚Delikatessen für den Ernstfall'. Abhängig vom Kriegsverlauf bleiben entweder die Dosen geschlossen oder unsere Reklamationsabteilung."

IM ABTEIL

Das Taschenbuch sah aus, als sei es älter als die Braun. Sie hörte Musik über ihre AirPods und griff ab und an zum Handy, um die Lautstärke zu ändern oder einen Titel weiter zu springen. Pulli, Mantel und Handtasche im aktuellen Beige.

Rot hatte einen gleichfarbigen Mantel dabei, auffällig allerdings waren schwarz-weiß karierte Fingernägel - wie der gemusterte Rock. Ansonsten: schwarzer Pulli, schwarze Strümpfe und Schuhe. Warum nur war die Handtasche blau? Und was las sie auf dem Galaxy?

Schwarz trug als einzige keine Ringe. Mantel und Pullover aus flauschigem Grau. Grazile Finger, mit roten Tupfern auf den Nägeln. Sie schien zu chatten, jedenfalls tippte sie mit hoher Geschwindigkeit Text in ihr Handy.

Er stand kurz auf, griff in den Rucksack und schaltete den Störsender ein.

Alle drei blickten auf. Braun nahm die Stöpsel aus den Ohren. Er freute sich. Jetzt war Zugfahren wieder wie vor dreißig Jahren. Sie würden sich kennenlernen.

ER BRACH IN DIE BANK

Marius eilt auf die Sparkasse zu.

Direkt hinter der Schiebetür, reichlich Kameras in der Decke und drei vollständig schwarz gekleidete Männer.

„Nehmen Sie Ihre Kappe ab."

„Und, gefällt Ihnen mein Haarschnitt?"

Er setzt die Kappe wieder auf.

„Nehmen Sie sie wieder ab."

„Verstehe, ist eine Kirche hier; gibt's auch ein Bild von Mammon?"

Dicht hinter Marius ein heftiges Husten. Der Geruch nach Rührei, Bier und Zigaretten umfängt ihn, schlägt ihm auf den Magen.

Er dreht sich um - hinter ihm eine Frau, ca. 60, hennarot, mit weit wallendem Blümchenkleid und tiefem Ausschnitt.

„Ey, mach hinne. Ham's alle eilig, außer Du."

Erneuter Hustenanfall. An der Frau gerät alles, einschließlich der hängenden Wangen, in Schwingungen - als ob im Inneren ein Vulkan wüte. Marius ist sich sicher, diesmal auch Schwefel zu riechen. Er greift zur Basecap und erbricht sich hinein. Die Frau schiebt sich schwankend und hustend an ihm vorbei.

Einer der Securitymänner legt ihm die Hand auf die Schulter

„Na geht doch."

NOTENMANAGER

Caroline holte hörbar Luft. „Statistik ist das einzige Fach, bei dem es nicht ganz rund läuft."

Stille in der Leitung. Michael sprach als Erster.

„Was meinst du mit ‚nicht ganz rund'?"

Caroline zögerte einen Moment. „Ich habe nicht die vorgegebene Punktzahl."

„Und was bedeutet das jetzt für dein Studium, dass du durchgefallen bist? Musst du die Klausur wiederholen? Sind auch andere gescheitert? Kann dir einer von denen helfen, die bestanden haben?"

„Papa, ich mache das schon. Wenn ich nächstes Semester Data Analytics bestehe, gleicht das Statistik aus."

„Bei Data Analytics werdet ihr programmieren, oder?"

„Ich weiß nicht, kann schon sein."

Stille.

„Caroline, Kind du wirst bestimmt mal eine fantastische Psychologin, aber Data Analytics hört sich für mich nicht einfacher als Statistik an, eher im Gegenteil. Kannst du dir nicht einen Kommilitonen schnappen, der rechnen kann und dann so bald wie möglich die Klausur wiederholen?"

„Papa! Erstens gibt es in meinem Semester keine Männer, zweitens haben wir hier Frauen, die super rechnen können und drittens: Ich finde schon eine Lösung. Ich melde mich nächste Woche wieder."

BESORGT

Immer war sie die Erste. Schon um halb 8 stand sie vor der Tür und wartete ungeduldig, eingelassen zu werden. „Frau Fagil, Guten Morgen."
„Guten Morgen Frau Knack" entgegnete sie. Ein tägliches Ritual und sie war ein bisschen stolz auf sich, dass sie mittlerweile alle Mitarbeiter beim Namen ansprechen konnte. Ihre Mutter hatte immer gesagt, sie solle die Menschen mit Namen ansprechen - das erhöhe die gegenseitige Achtung. Und natürlich sprach sie auch die Ärzte ohne Promotion mit Dr. an. Das gehörte sich so. Endlich durfte sie ins Zimmer. Behandlung 3 - ihr Lieblingsraum - da schien morgens die Sonne hinein. Vorgestern die Schmerzen in der Brust, aber die junge Ärztin konnte sie nach dem EKG beruhigen, gestern die Impfung nach dem Zeckenbiss, hoffentlich konnte der Arzt etwas gegen die Krämpfe im Bein unternehmen, die sie letzte Nacht quälten. Außerdem war Freitag. Das Wochenende war jedes Mal schrecklich - sie ging so ungern in die anonyme Notarztpraxis.

RÜCKSCHLAG

„Schau mal Süßer, der Max aus dem Tennisclub klingelt jetzt mindestens das dritte Mal bei Marita. Und sie fallen sich zu Begrüßung um den Hals. Damit ist meine Aufgabe abgeschlossen. Jetzt bist du dran."

Benjamin dreht sich zur ihr um. „Dann lass' mal hören."

„An deinem Achtsamkeitsseminar nächste Woche nimmt offenbar eine Nonne teil," Chloe hielt ein Blatt hoch, „hier, Sr. Clara und nachdem du dich für unwiderstehlich hältst, schick mir einfach ein kuscheliges Selfie von eurem Abenteuer."

Als Chloe eine Woche später die Haustür öffnet, kommt ihr Benjamin entgegen. „Benji, was ist los, ich habe gar nichts von dir und Clara gehört?"

„Ich habe nur gerade das Nötigste für mein Leben im Kloster geholt. Du kannst mich schon mal Gärtner Innozenz nennen."

ENERGIEKRISE

Ernst: „Das sieht ziemlich leer aus, da werden wir bald Tanken müssen."

Klaus: „Ja, das Navi sagt: Noch 200 km und die Tankanzeige gibt uns noch 140 km Reichweite; selbst achtsames Fahren wird die Lücke nicht schließen."

Siegrid: „Wir können ja zu einem Viertel tanken und nach der Autobahn voll machen."

Klaus: „Ich fahre sowieso bald runter auf die Landstraße, bis dahin reicht es locker."

Ernst: „Warum bist du nicht hier auf die Tankstelle gefahren? Ich will hier nicht liegenbleiben."

Klaus: „Das wird schon reichen."

Ernst: „Du musst jetzt abfahren. Sofort. Ich habe Angst."

Klaus: „Wir haben noch über 80 km Reichweite."

Ernst: „Darauf kann man sich nicht verlassen. Fahr hier runter. Ich sehe da einen Ort."

Klaus: „Hier kommt man nicht runter. Das ist ein Autobahnkreuz."

Ernst: „Der Bruder von der Ex-Frau unseres Arztes hat mal jemandem auf der Autobahn geholfen und wurde dabei durch einen LKW schwer verletzt. Das ist gefährlich, wenn man liegenbleibt. Da kommt eine Abfahrt."

Siegrid: „Von dem Ort habe ich schon gehört; von dort können wir vermutlich via Landstraße nach Hause fahren."

Ernst: „Warum bist du hier links gefahren? Ich will, dass du jetzt tankst. Überhaupt wären wir nicht in dieser Situation ohne diesen kleinlichen Geiz."

Klaus: „Dann suche doch mal auf dem Handy nach einer Tankstelle."

Ernst: „Ich weiß nicht, wie das geht. Halt einfach irgendwo. Ich klingele am nächsten Haus."

Klaus: „Ich weiß gar nicht was du willst. Die Reichweitenanzeige scheint in Ordnung. Wir fahren hier schon eine Weile herum und die Reichweite nimmt zuverlässig ab."

Ernst: „Ich will jetzt jemanden fragen."

Klaus: „Ok. Ich fahre hier jetzt durch den Kreisverkehr, bis du mir sagst, in welche Richtung ich rausfahren soll."

Ernst: „Die nächste."

Klaus: „Gut."

Siegrid: „Jetzt sind es unter 30 km Reichweite."

Ernst: „Wenn du jetzt nicht tankst, springe ich raus."

Klaus: „Ich halte hier mal an dem Forstweg und suche im Navi nach einer Tankstelle. Du kannst also jetzt aussteigen. Weiter geht's. Noch zwei Orte."

Ernst: „Ich kann hier jemanden fragen. Die fahren doch nicht alle 20 km zum Tanken."

Klaus: „Stimmt, hier hat sicher jeder einen Benzintank im Keller. Da, die Tankstelle."

Siegrid: „Krieg nach Scharmützeln abgewendet."

VERLOCKEND

„Hallo, ich bin Hans. Komm doch rein!"

"Hi, ich bin Moni und freue mich schon so auf die Woche mit dir."

"Leg deine Sachen dort ab, ich fahre später alle ins Hotel."

"Und, bin ich die Erste?"

"Die Zweite, Bernd kam vor einer Stunde und die anderen müssten auch bald eintreffen."

"Zeigst du mir alles? Ich bin schon so gespannt darauf, wie du hier lebst und natürlich auf dein Atelier."

Hans schaute ihr in die Augen, lächelte und nickte zustimmend. „Ich führe dich herum, Raum für Raum kannst du die verschiedenen Aussichten und Stimmungen kennenlernen; Licht und Landschaft sind gerade sehr einladend."

Eine schlanke Brünette kam aus dem Nachbarzimmer: "Hans, das kann ich doch machen - willkommen bei uns, ich bin Andrea, die Hausherrin."

Hans räusperte sich. "Ich gehe dann mal - zu Bernd in den Garten."

Andrea lächelte Moni an. "Ich zeige dir, wo du deine Malutensilien reinigen und abends verstauen kannst."

Moni sah Hans einen Moment lang an, blickte ihm nach, als er das Zimmer verließ und folgte dann Andrea.

"Und Hans, bist du froh um jeden Mann im Kurs, damit du mit den Frauen nicht ganz allein bist?" Bernd grinste breit.

Hans trank einen Schluck Weißwein und antwortete. "Ich freue mich über jeden einzelnen Gast und möchte, dass sich alle wohlfühlen."

"Was sagt eigentlich deine Frau dazu, dass euer Haus tagsüber von anhimmelnden Künstlerinnen nur so wimmelt?"

"Das ist unser Geschäftsmodell. Ich bin der Honigtopf und sie passt auf, dass niemand sich beim Naschen niederlässt."

NIMM ZWEI

Nicole fuhr klingelnd durch den Gang.

„Ja, ein schickes Dreirad. Passt zu dir. Wir nehmen direkt zwei, die Qualität wird ja zukünftig nicht besser."

Nicole lief den Gang auf und ab.

„Coco, du kannst den Schulranzen aufbehalten"; Lilia wandte sich dem Verkäufer zu: „Wir nehmen zwei Stück, die Qualität wird ja zukünftig nicht besser."

Nicole schritt den Gang entlang.

„Kind, du siehst großartig aus, das richtige Kleid für einen Anlass wie jetzt den Abiball. Wir nehmen zwei, die Qualität wird ja zukünftig nicht besser."

Nicole stand mitten im Gang.

„Mama, Papa, hier lebe ich mit meinen zwei Männern. Dies ist das Zimmer von Pollux und das gegenüber Castors."

SANFT ODER NICHT - RUHET

Diesmal war es so weit. „Jetzt reicht's." Laut vor sich hin fluchend stand er auf, schlüpfte in Jogginghose sowie Adiletten und zog die Wohnungstür zu. „Zwei Uhr nachts, die sind total irre." Er grummelte vor sich hin, während er das Kellerabteil aufschloss. „Diesmal bin ich vorbereitet". Er nahm den Karton aus dem Regal, verließ Keller und Haus. Nach wenigen Sekunden stand er am Zaun des Nachbarn. Die Hunde bellten weiterhin, während sie auf den Zaun zugeschossen kamen. „Ach ihr Armen, könnt ihr nicht schlafen? Schaut mal, was ich Euch gebacken habe". Er nahm eine Handvoll Hundekuchen und warf sie mit Schwung über den Zaun.

INSPIRATION

„Diese Videos im Internet, einfach klasse. Man findet Anleitungen zu allem, was man braucht.
Neulich habe ich nach Anleitung die Heckscheibe meines Autos ersetzt - ohne die Erklärungen hätte ich mir das gar nicht zugetraut."
„Ich finde Videos auch super."
„Und was schaust du so?"
„Früher habe ich mir Zusammenfassungen von Büchern angesehen, aber nachdem die jetzt ,Lust auf's Lesen' machen wollen und vom Inhalt nur noch in Andeutungen sprechen, bin ich bei Yogavideos gelandet."
„Ich wusste gar nicht, dass du so beweglich bist."
„Bin ich auch nicht. Vor dem Einschlafen schalte ich das Video ein, den Ton ab und träume dann vom Yogalehrer."

ZUGRISIKO

„Der Eigentümer des schwarzen Koffers am Ende von Wagen 22 möge sich bitte zu seinem Gepäck begeben", und mit einigem Abstand wiederholt der Schaffner die Durchsage. Dann - Stille. Beim nächsten Halt wieder eine Durchsage: „Die Abfahrt des Zuges hier in Würzburg verzögert sich wegen eines Polizeieinsatzes."
Mini-Evakuierung von Wagen 22 nach Wagen 21.
Vor dem Zug - in der Sonne. Fahrgast zum Zugchef: „In Heathrow würden sie jetzt durchsagen: ,The luggage will be removed and may be destroyed.'"
Zugchef: „Das ist natürlich bildhafter."
Fahrgast: „Ist der Koffer nicht im zweiten Zugteil?"
Zugchef: „Ja"
Fahrgast: „Können wir den nicht abkoppeln?"
Während sie so überlegen, ob die Fahrgäste aus dem zweiten Teil nach vorn migrieren dürfen (der ganze Zug ist voll) und wer denn irgendwann den zweiten Zug wegfährt, versucht eine ältere, etwas orientierungslose Dame seit einer Stunde im Kasseler Bahnhof herauszufinden, wie sie ihren Koffer zurückbekommt.

REGELN

Christian ging durch den Gang und notierte Sitznummern.
Die Rebellen waren schnell gefunden.
Dieser hier hatte die Maske über den Unterarm gestreift.
Diese hielt den Hund im Arm. Hier ein Pärchen, das die An-
schnallzeichen ignorierte.
„Nach der Landung bleiben Sie bitte sitzen. Die Berliner Poli-
zei möchte mit Ihnen sprechen."
Sie, und er zeigte auf die Hundebesitzerin: „Wegen Gefähr-
dung des Flugverkehrs. Die anderen, weil sie den Anordnun-
gen des Kapitäns nicht Folge leisten. Die Vernehmung findet
an Bord statt."
„Wir haben einen Anschlussflug", jammerte ein Mann.
„Ich glaube nicht, dass sie in Europa so schnell wieder ein
Flugzeug besteigen."
„Wegen dem Maskentragen?"
„Deshalb und wegen des Genitivs."
„Sehr geehrte Damen und Herren, bitte bleiben Sie nach der
Landung alle angeschnallt sitzen. Wir werden sie Reihe für
Reihe auffordern, auszusteigen."
Nach der Landung sahen sie überall ihre Bilder. Auf ihren
Social-Media-Kanälen war die Hölle los.
„Wir sind ja nicht in China - hier gibt es keinen Social Credit
Score, nein in Europa hat man damals den Pranger erfunden."

ANDERS REISEN

„Endlich Urlaub" er klappte sein Notebook zu, „das Home-Office schließt jetzt für zwei Wochen." Sie sah ihn an: „Weil meine Ferien ja schon vor 1 Stunde begonnen haben, habe ich schon mal erste Schneisen in dem Dschungel aus Risikogebieten, Hochinzidenzen, Mutationsgebieten und Quarantänerisiken geschlagen."

„Und, wo werden wir hinfahren?"

„Es gilt jetzt noch, Feuersbrünste, Überschwemmungen und Riesenstaus aus der Gleichung zu nehmen."

„Und du willst wirklich nicht mehr fliegen? Wie kommen wir denn dann nach Peking?"

„Klassisch wäre die transsibirische Eisenbahn."

„Na klar. Russland - das Abenteuer wartet auf dich."

„Schifffahrt? Erst nach New York, dann von Los Angeles nach Peking. Man kann auf Lastschiffen mitfahren. Da ist man nah an den Seeleuten, zumindest beim Essen. Kein Kreuzfahrtprogramm."

„Dauert wie lange?"

„Einen Monat hin, einen zurück, da und dort ein bisschen Aufenthalt, in Summe ein Vierteljahr."

„Aber nur wenn sie mit grüner Energie fahren, vegan kochen und Frauen nicht nur in der Küche arbeiten."

„Ich vermute", er lächelte ihr zu, „wir bleiben zu Hause."

IHR RITUAL

Er betrat die Buchhandlung und sah sich um. Sie war fast so groß wie er. Also mindestens 1,85 und das mit flachen Sneakern. Die üppige, blonde Haarpracht bedeckte den gesamten Rücken.

Hauteng ihre Kleidung und mitternachtsblau.

Grüne Augen und als einziger Schmuck zwei goldene Ohrstecker in Herzform.

Mit der linken Hand balancierte sie einen Stapel aus acht Büchern und mit der Rechten zog sie Buch um Buch aus dem Regal, vertiefte sich in die Rückseite, schlug manches mittendrin auf, las und stellte es zurück.

Ein weiteres wanderte auf den Turm der Auserwählten. Wie passend – eine Lamarr Biografie gesellte sich zu Houellebecq, Cross, Sloterdijk und Seethaler.

„Schönste Frau der Welt" würde er sagen und auf das Buch zeigen. „Lamarr war es vor 100 Jahren, heute geht der Preis an dich und dein Lächeln."

Und natürlich würde sie strahlen, den Stapel beiseitelegen und ihn umarmen. Und sie würden sich küssen und voreinander stehen. Und er würde auch lächeln und auf die Bücher zeigen. „Reizvolle Mischung, mein Engel, freue mich schon darauf, wenn du mir heute Abend wieder vorliest".

AUCH NUR EIN E-MOBIL

Sollten sie die eBikes und Scooter ruhig verbieten. Als diese nicht mehr in die U-Bahn durften, war Toms Entscheidung gefallen und er war auf eRollstuhl umgestiegen. Viel bequemer, man darf sie praktisch überall parken und muss auch am Zebrastreifen nicht absteigen. Dazu kam das geringere Risiko. Für Rollstühle gab es immer Platz auf dem Gehweg und nicht nur so einen schmalen Radweg auf der Straße, den von den SUVs lediglich ein bisschen Farbe trennte. Statt Fahrrad also jetzt ein Ergometer im Büro - er wollte schließlich in Form bleiben.

Tom freute sich schon auf das Treffen mit Eva. Gestern standen sie mit ihren Stühlen dicht an dicht in der U-Bahn und er hatte sie spontan zum Essen eingeladen. Sie hatte versprochen, ihm zu verraten, wie er die Maximalgeschwindigkeit seines Gefährts verdoppeln könne. Nun, er war gespannt.

Sie stand schon vor'm Lokal. Er parkte neben ihr, stand auf und ging die ersten der paar Stufen zum Lokal hoch. „Was ist?", rief er, „kommst Du?"

„Das", und sie sah zum ihm auf, „scheint mir nicht sehr behindertengerecht zu sein."

URLAUBSERINNERUNG

John schüttelte den Kopf. „Viermal haben sich gerade auf der Brücke Leute einfach vor mein Fahrrad gestellt. ‚Können Sie bitte ein Foto von uns machen? Mit London Eye im Hintergrund.' Das nervt nur noch."

Marc sah auf: „Aber dagegen lässt sich doch bestimmt etwas unternehmen. Jetzt fahr' erstmal los; ich trabe locker neben dir her. Auf den letzten zwei Kilometern können wir dann das Tempo deutlich anziehen."

Eine Woche später. „Hast du gesehen? Es gibt jetzt Schilder auf der Brücke, die davor warnen, sein Handy Fremden in die Hand zu geben. Keiner hat mich angesprochen."

„Ja, es gab wohl eine Reihe von Vorfällen, bei denen der angesprochene ‚Fotograf' das Handy seinen Besitzern im hohen Bogen zuwarf und während diese überrascht dem Fall ihres Geräts in die Themse zusahen, lief der Fremde erstaunlich schnell davon."

DER ANSCHLUSS

Barbara hatte noch gescherzt: „Vielleicht kommt eine Technikerin - ich finde, das wäre bei unserem Rollentausch nur konsequent." Dann hatte sie die Haustür zugezogen.

Kurz danach stand der Techniker auf der Matte und begann, die Waschmaschine zu reparieren.

„Nein ich will keinen rosa Schlauch", Tom war hinter den Mann getreten.

„Wir verwenden immer diese Schläuche", der Techniker bemühte sich erkennbar, ruhig zu bleiben, „außerdem kann man sie hinter der Waschmaschine doch gar nicht sehen"

„Rosa ist diskriminierend, das ist doch hier kein Barbiehaushalt." Tom wurde lauter. „Nehmen Sie eine neutrale Farbe - grün zum Beispiel würde gehen."

„Diese Schläuche gibt es nicht in grün - früher waren sie grau, wurden dann aber immer mit den Schläuchen der Spülmaschinen verwechselt. Seitdem sind sie rosa."

„In meine Küche wird es keine geschlechtsorientierten Klischeefarben geben. Jetzt nehmen Sie den Schlauch und …"

Der Techniker unterbrach ihn: „Ich geh' schon - rufen Sie mich an, wenn Sie einen passenden Schlauch besorgt haben.", und zog ganz langsam die Haustür zu.

Fortschritt

UMZUG

„Sehr geehrte Frau Meier - was heißt, Sie stellen die Software ein?"

„Der Finanzkonzern, zu dem wir gehören, hat sich entschlossen, die Kunden der beiden Softwarelinien auf ein Produkt zusammenzuführen und…"

„Die Kunden zusammenführen? Ohne sie zu fragen? Ich will gar nicht zusammengeführt werden. Ich will für meine Wartungsbeträge einfach ein gesetzeskonformes Update."

„Herr Klammroth, das wird ohne Wechsel auf die andere Produktlinie nicht möglich sein - unsere letzten Programmierer der Linie A haben sich gerade in die Rente verabschiedet."

„Ich kenne niemanden in der Branche, der ihre B- Linie einsetzt. Hat die denn dieselben Funktionen?"

„Wir arbeiten dran, ebenso an einer Datenübernahme aus der eingestellten Variante A. Und wenn alle Kunden die Linie B nutzen, haben wir mit ihr mehr als 1% Marktanteil."

Herbert Klammroth schloss einen Moment die Augen: „Das heißt, sie programmieren Funktionen die ich heute schon habe, in die neue Software, wollen Daten migrieren, ohne die Expertise der Entwickler der Linie A und das alles in wenigen Wochen weil ihre Linie A dann die neuen gesetzlichen Regelungen nicht mehr erfüllt?"

Es war still in der Leitung. Herbert legte auf und begann zu weinen.

LAUFLEISTUNG

Er sah sie an. Legte den Kopf schräg „Hast du nochmal überlegt, den Leasingvertrag doch zu verlängern?"

„Nein, es bleibt dabei. Morgen findet der Austausch statt."

„Gefällt Dir denn etwas nicht? Das Leder ist wie neu."

„Stimmt, ich schmiege mich immer noch gern an das Leder, speziell mit der eingebauten Heizung ist es einfach kuschelig."

„Oder ist es der Ton?"

„Nein, nein, die Auswahl an Stimmen lässt keine Wünsche offen und erst die Spracherkennung - ich fühle mich total verstanden."

„Ist es der Antrieb? Scheint meiner Ansicht nach alles in Ordnung, ruckelfrei und lautlos."

„Daran liegt es alles nicht. Nach drei Jahren brauche ich jetzt einfach mal Abwechslung. Und es gibt bestimmt auch jemanden, der sich über einen gepflegten Gebrauchten freut."

„Sollen die Einstellungen in das neue Modell übernommen werden?"

„Ich fange lieber bei Null an und probiere alle neuen Features aus. Und jetzt leg dich in die Transportkiste und starte dein Reset."

FOLLOWER

Cora sitzt am Steuer, Jonas am Handy.

„Einfach großartig, diese neue App. Wenn ich jetzt beispielsweise ein EKG machen möchte, kann ich sofort sehen, dass in der Praxis Tatarki, 4 Sterne, in einer Stunde dafür ein Slot frei wäre. Oder hier die Kommentare: ‚Blinddarm OP, alles ok‘, 5 Sterne, schreibt Marius Darth. Oh, da postet ein Max Kat über den Urologen Schneidermann: ‚Tumor und Sex entfernt‘, 2 Sterne."

Cora legt ihm die Hand aufs Knie. „Ist das nicht der, zu dem auch du gehst?"

„Jetzt nicht mehr" murmelt Jonas. „Oder hier, ‚Menschen die bei diesem Kieferchirurgen, 4 Sterne, waren, hatten anschließend häufiger eine professionelle Zahnreinigung.‘"

Cora lächelt. „Hört sich für mich nach einer schmerzhaften Lernkurve an."

„Oder das: ‚Menschen, die bei dieser HNO Ärztin, 3 Sterne, waren, besuchten häufig später diesen Psychotherapeuten, 4 Sterne.‘ Super, dass man jetzt auch Patienten mit breiter Arzterfahrung folgen kann; auf anderen Gebieten ist das ja schon längst Standard."

Sie sah ihn an. „Ich frage mich, ob es wirklich Zufall ist, dass deine Ex auch die Ex meines Ex ist."

BAR ODER MIT KARTE?

Ein Brief von der Bank. Bestimmt auch nur so eine unpersönliche Gratulation zu seinem 90sten.

„Bon jour Josef Huber, wir deine Autobank, haben das Security Procedure revidiert und optimiert. Ab Dezember gibt es zur Sign&Protect App keine Alternative. Download on your Smartphone now" „Oh", dachte er, „das wäre eigentlich ein Brief für Elfriede. Erst seit sie tot ist, ahne ich, was sie da alles an ihrem Computer und Handy gemacht hat."

Er las weiter. „Kreuzen Sie hier an, wenn Sie am Sign&Protect nicht partizipieren wollen - wir kümmern uns um den Rest."

Er setzte das Kreuz, faltete das Blatt in den Rückumschlag und legte ihn in den Einkaufskorb.

Am 6. Dezember klingelte es früh am Morgen. „Post, ich habe hier ein Wertpaket für Sie." Er nahm das Päckchen und legte es auf den Küchentisch.

„Wer schickt mir denn ein Wertpaket?". Vorsichtig schnitt er die Klebstreifen auf, nahm den Deckel ab. Münzrollen mit 1 und 2 Euro und Bargeld in 5, 10 und 20 Euro Scheinen kamen zum Vorschein. Und ein Brief.

„Bon jour Josef Huber, ohne App kein Konto. Wir haben Ihnen Ihr Guthaben in bar zur Verfügung gestellt und als Service schon mal kleine Scheine und Münzen gewählt, da Sie zukünftig sicher oft passendes Geld per Umschlag versenden werden. Anbei eine Liste ihrer bisherigen Daueraufträge. Au revoir Josef Huber und Alles Gute"

BÜRGERNÄHE. REMOTE.

„Herr Peters, Sie benötigen also ein Führungszeugnis?"

„Ja, Frau Gök, als ehemaliger Lektor kann ich sicher Flüchtlingskindern helfen, Deutsch zu lernen. Und vor 10 Jahren habe ich hier schon mal eines beantragt. Das ging ganz schnell"

„Ja, so war das mal."

„Was bedeutet das?"

„Jetzt ist das digital und Sie können es von zu Hause beantragen. Haben Sie eine Bayern-ID?"

„Ich habe eine Steuer-ID. Meinen Sie die?"

„Nein, eine Bayern-ID. Haben Sie ein Smartphone?"

„Ja, ein Handy. Habe ich letzten Monat von meinem Sohn geschenkt bekommen."

„Das sieht ja ganz modern aus. Das ist bestimmt NFC fähig."

„NFC?"

„Near Field Communication. Das Telefon liest Ihren Ausweis."

„Sie brauchen meinen Ausweis? Den habe ich immer dabei."

„Haben Sie Ihren Ausweis schon von der Transport-Pin auf die Wunsch-Pin umgestellt?"

„Hier ist mein Ausweis. Was für eine Pin?"

„Also Herr Peters, um ein Führungszeugnis zu erhalten, müssen Sie Folgendes tun:

- Sie laden die AusweisApp2 auf Ihr Handy
- Dann legen Sie Ihren Personalausweis auf das Handy
- Sie geben aus dem Brief zum Personalausweis die Transport-Pin ein und legen Ihre Wunsch-Pin fest
- Sie koppeln Ihr Handy mit Ihrem Computer per Bluetooth, so dass Ihr Handy zum Kartenlesegerät wird
- Sie gehen an Ihrem Computer auf die Website der Gemeinde und beantragen eine Bayern ID

- Dabei starten Sie erneut die AusweisApp2 und authentifizieren sich durch Ausweis und Eingabe der neuen Pin
- Sie legen Username und Passwort der Bayern-ID fest
- Sie scannen den Beleg der ehrenamtlichen Organisation ein, für die Sie tätig sein werden
- Anschließend gehen Sie auf die Website des Justizministeriums und beantragen mit Ihrer Bayern-ID und Ihrem Passwort ein Führungszeugnis und
- laden den gescannten Beleg hoch.

Ihr Führungszeugnis können Sie dann etwa 2 Wochen später von der Site des Justizministeriums herunterladen."

„Ich, ich glaube, ich gehe doch lieber Golfspielen."

PERFEKTE MÄNNER

Lorena schüttelte heftig den Kopf. Das Notebook blinkte und piepste - war das nicht komplett unwürdig einer Zauberin? Generationenlang hatten sie, wenn Not am Mann war, sie aus eigener Kraft geschaffen.

Ihre Großmutter beherrschte noch die Kunst, sie wunschgemäß zu backen. Das halbe Dorf hatte sie versorgt. Und essen konnte man sie dann auch noch.

Schon ihre Mutter durfte es nicht mehr - Ethikkommission und so; also nahm sie meist den Hübschesten von der nächsten Baustelle.

Und sie? Lorena wollte kein Kind - nur auf Erfahrung war sie aus und so saß jetzt vor dem flirrenden Glas, konfigurierte Haar- und andere Längen und sollte sich schließlich entscheiden, ob er geliefert werden sollte - mit oder ohne künstliche Intelligenz.

DIE ENTSCHEIDUNG

Sehr geehrte Kundin, sehr geehrter Kunde,
Ihre Anfrage ist bei uns eingetroffen, wurde gelesen, analysiert und zeitnah an die zuständige Abteilung in unserem Hause zur Stellungnahme weitergeleitet.
Wir haben uns mit Ihrem Anliegen beschäftigt und abgewogen, welche Möglichkeiten es für eine Lösung gibt.
Dabei haben wir nicht nur die zeitlichen Aspekte, sondern auch die räumliche Situation sowie die von Ihnen geschilderten speziellen Umstände betrachtet und mit einbezogen. Angesichts der zur Verfügung stehenden Alternativen und ihrer potenziellen, aber durchaus nicht komplett unwahrscheinlichen Konsequenzen sind wir zu der Entscheidung gelangt, Ihnen unsere Sicht zu erläutern und wie oben beschrieben darzulegen.
Dieses Schreiben ist auch ohne Unterschrift gültig.

ZAHNTECHNIKER

„Es passt nicht", die Zahnärztin atmete einmal langsam ein
und aus, „weder im Mund noch auf dem Modell."
„Das kann gar nicht sein. Das hat der Computer exakt gefräst.
Die Maschine ist auf ein Mü genau. Genauer geht's gar
nicht." Der Zahntechniker redete sich in Fahrt. „Das liegt am
Abdruck, unserer Erfahrung nach liegt's am Abdruck. Der
Computer ist exakt. Immer."
„Immer weiteratmen", dachte sie und sagte: „Manchmal sitzt
das Problem auch vor dem Computer."
„Das muss ich mir nicht bieten lassen."
Klick.
Sie schaute verdutzt den Hörer an.
Zwei Tage später rief er an. „Ihnen ist da ein Fehler unterlau-
fen - statt 8587 Euro haben Sie nur 85,87 Euro überwiesen"
Lächelnd antwortete sie: „Das kann gar nicht sein. Der Bank-
computer ist sehr exakt. Der überweist immer die richtige
Summe."

NOCH EINMAL

Michael betrat den Leitstand.

„Frohes Neues Jahr, Charles; ich habe schon gehört: endlich ist es soweit."

„Ist unsere letzte Chance."

„Wissen die anderen schon Bescheid?"

„Na klar, konzertierte Aktion im Verband. Sobald im Januar Frost herrscht, ziehen wir den Stecker."

„Den Ausstieg hatten die Politiker sich vermutlich geräuschloser vorgestellt."

„Und bis die da oben ausdiskutiert haben, ob wir die Meiler wieder hochfahren sollen, bleibt für viele das Bett der wärmste Ort."

„Wir produzieren Arbeitskräfte."

„30-50% mehr sollten es schon werden."

„Bis St Martin werden wir es wissen."

„Abschied von der Atomkraft."

„Mit Multi-Bumms."

„Statt vor der Kiste - in die Kiste."

KATHRIN UND BIANCA

„Den Wischroboter haben sie jetzt im Preis gesenkt; ich ersetze meine Putzfrau jetzt."

„Wollte Deine auch mehr Geld?"

„Das und von Zuverlässigkeit keine Spur mehr."

„Schade, dass der Roboter nicht die Betten machen kann."

„Meinst du, da kommt noch was, so wie beim Sprung von der Bandansage hin zu GPT?"

„Einer der auch kochen kann, wäre super."

„Großartig an so einem Roboter ist ja, dass er nicht alle naselang ins Stadion will."

„Ja, stattdessen sind sie irre belesen."

„Reden allein ist noch ein bisschen wenig."

„So eine Mischung aus zart und hart tät' gut."

„Dann musst du ihn nur noch Markus nennen - schon hast du wieder einen Mann im Haus."

AUFWÄRTS GEHTS

Noch eine Treppe und noch eine. „Hört das denn gar nicht mehr auf?" „Miro, die Aussicht vom Castelo wird dich für alles entschädigen."

„Wenn ich hier so treppauf, treppab schaue, müssten wir dort oben ganz allein sein. Offenbar reizt nur wenige der Aufstieg bei 39°."

„Nur noch um die Kurve." Sara wurde schneller. „Was für ein Blick. Schau mal, dahinten die Christo-Rei-Statue. Da müssen wir auch unbedingt hinauf."

Miro rang nach Atem. „Es muss noch einen anderen Weg geben, einen den die ganzen anderen Leute genommen haben." Er streckte den Arm aus. „Schau, des Rätsels Lösung sind die TukTuk. Wie in Neu Dehli.. Und sieht der Fahrer auf dem letzten Fahrzeug, der mit dem Headset und dem Notebook auf Knien nicht sogar wie ein Inder aus? Ich höre ihn praktisch schon sagen: "Hello Madam, I am calling from Microsoft. Please, go to your computer."

Work around

FACHKRÄFTEMANGEL 2050

„Sonntagabend und es ist wieder so weit. Sabine, mit 104 unsere älteste mobile Bewohnerin, zieht die Glückszahlen der Woche. Live hier im Homechannel unseres Großresorts: ‚Delmenhorst forever'. Los geht's, Sabine."

„1187"

„Da lassen Sie uns direkt mal schauen, auf wen denn der Hauptpreis fällt. Andrea aus Zimmer 1187 hat eine schon lange notwendige Operation bei Prof. Dr. Krampe gewonnen. Wie immer übertragen wir Dienstag ab 11:00 Uhr live von diesem Event. Ich verrat' schon mal so viel: Besonders spannend für alle unsere Magenpatienten. Jetzt ist aber erstmal wieder Sabine dran."

„55"

„Was für eine schöne Zahl. Gratulation an alle, deren Zimmernummer auf 55 endet und die diese Woche einen Termin in der Praxis bei Prof. Dr. Krampe erhalten. Ab Donnerstag um 10:00 Uhr geht's los. Einlass ist um 9:00 Uhr. Und, Sabine, greif zu."

„8"

„Diese Glücklichen besucht Diagnose-Roboter:in Toni im Zimmer. Sie können Toni von all ihrem Leid erzählen und erhalten einen wertschätzenden und einfühlsamen Kommentar ausgedruckt. Und das war's schon wieder. Schalten Sie ein - nächste Woche um die gleiche Zeit, wenn es wieder heißt: ‚Mit Glück ein langes Leben'."

WORTWELTEN

„Herr Schubert, natürlich verstehe ich Ihren Wunsch nach einer Höhergruppierung. Aber Sie wissen, dass wir nicht mehr die automatische Anpassung vornehmen, sondern von Ihnen aktiver Einsatz erwartet wird? Pull statt Push, sozusagen"
„Ja, ich weiß nicht, also ich bin jetzt 15 Jahre…"
„Sie sind jetzt eingruppiert in Stufe 4. Um auf Stufe 5 zu kommen, müssen Sie erfolgreich unseren Office-10-Kampf absolvieren.
Als Startvorbereitung skizzieren Sie eine Idee auf einer Seite, anschließend beschreiben Sie alle erforderlichen Details für das Change Advisory Board, dann formulieren Sie das Ganze in einfacher Sprache und drittens stellen Sie die Integration Ihres Vorschlags in's Prozesshaus dar. Daraufhin verdichten Sie die Worddokumente jeweils in ein 10-zeiliges Managementsummary und bauen 5-seitige Powerpointpräsentationen. Sie haben dafür eine Woche Zeit. Viel Glück und berücksichtigen Sie unsere Sprachvorschriften zu Diversity, sonst werden Sie disqualifiziert."

DAS PROJEKT

Ein modernes Schloss sollte es werden. Und so holte der
Fürst fremde Handwerker ins Land, die sogleich begannen, zu
planen und zu bauen. Ein einheimischer Maurergeselle hatte
die Aufgabe, den Fortschritt zu prüfen und er war begeistert,
konnte schon Türme und Aussicht erahnen, als die ersten
Mauern entstanden und das Erdgeschoss mit Festhalle fertig
war.

Dann kam ein Jahr besonderer Trockenheit und alles Geld
wurde für Nahrung benötigt. Der Bau pausierte und die Handwerker nahmen Projekte in anderen Ländern an.

So verging die Zeit. Die Rosenhecke im Garten des Schlosses
wuchs ungehindert und wirkte bereits wie ein kleiner Zaun.
Immer wenn er daran vorbeiging, träumte der Geselle von der
wiederbelebten Baustelle.

Die Rosen wuchsen, bald war vom begonnenen Schloss
nichts mehr zu sehen, nur der Geselle sprach manchmal noch,
wenn er mit Freunden beim Wein zusammensaß, vom geplan-
ten Schloss und seinen großzügigen Räumen. Als der Geselle
in ein anderes Land zog, war die Geschichte vom geheimnis-
vollen Schloss zu einer Legende geworden - niemand wusste
genau, was sich hinter der Hecke verbarg.

Die Zeiten wurden besser, der Fürst beschloss, den Bau fort-
zusetzen. Als die Hecke entfernt war, wurde die gewaltige
Größe der Baustelle sichtbar. Hier und da standen Mauern,
auch Gebäude, doch weil man die Pläne der fremden Handwerker nicht verstand, war an eine Fortsetzung nicht zu den-
ken. So war alles, was blieb, ein Aquarell des zukünftigen
Schlosses, welches einer der Handwerker dem Fürsten geschenkt hatte.

AKQUISE

Der Taxifahrer öffnete der älteren Dame die Tür, nahm die Krücken, legte sie sacht in den Kofferraum und stieg ein.

„Wo soll's denn hingehen?"

„Einmal durch die Stadt, Goethestraße 7. Das wird teuer, aber mit den Krücken komme ich aktuell nicht bis zur U-Bahn."

„Sie müssen auch aufs Geld achten, oder?"

„Ja, ja Miete, Essen und die Fahrt zum Arzt. Schon das Heizen ist kaum drin."

„Bekommen Sie denn Pflegegeld?"

„Nein, wenn die Krücken wegkommen, bin ich ja ganz mobil."

„Das müsste bei einer Pflegegradprüfung ja keiner wissen."

„Das merken die aber doch, oder?"

„Das muss nicht sein; ich war mal Schauspieler und biete passgenaue Trainings an."

„Und das funktioniert?"

„Na klar. Meine Frau besucht Sie anschließend zweimal die Woche mit Kuchen und ‚pflegt'. Das Geld teilen wir fifty-fifty."

DAS WAHRE LEBEN

„Wenn man noch einen Schritt weitergeht, kann man das Loiretal sehen."

„Ich habe Angst."

„Es kann gar nichts passieren - wenn Du Dich gut an der Felswand festhältst."

„Was meinst Du damit?"

„Falls du abrutschst oder der Boden mal nachgibt, dann solltest Du immer noch mit einer Hand an der Wand einen festen Griff haben."

„Wie stellst Du Dir das vor? Ich habe einen 20 kg Rucksack und muss ja bei jedem Schritt auch mal loslassen."

„Andere können das auch. Und denk' einfach dran, wie tief es runtergeht, dann wirst du schon die erforderliche Kraft aufbringen."

„Es geht wirklich tief runter, ich kann gar nicht hören, wie die Steinchen unten aufschlagen."

„Jetzt geh' vorwärts - es fängt schon an zu dämmern."

„Ich, ich, SCHEISSE. ICH FALLE."

„Benjamin, zieh den Anzug aus; nach dem Matheteil und der Flugsimulation ist das jetzt das dritte Modul ohne ausreichende Punktzahl. Ich befürchte, du bist doch nicht der richtige Kandidat für unsere Truppe."

PAWLOW

„Nach drei Stunden Steuerrecht haben wir uns die Pause redlich verdient."

Markus sah direkt an Christian vorbei. „Schau dir Alexandra an."

Markus folgte Christians Blick. „Ja, sie ist wohl so etwas wie die idealtypische Yogatrainerin."

In der Mitte des Seminarraums stand eine durchtrainierte Blondine, die mal die Hände zur Decke streckte, um dann nach vorn gebeugt den Boden zu berühren.

„Ich habe sie vorhin gegoogelt. Sie hat 100.000 Abonnenten bei YouTube. Alle zwei Wochen ein Video mit genau einer Übung."

„Modell Appetizer. Schließlich sollen die Leute in ihre Studios kommen."

„Sie taucht offenbar rein zufällig in einem der 20 Center auf und leitet das Training."

„Jede Yogastunde ein Überraschungsei: Kommt sie oder kommt sie nicht?"

„Und das hier?"

„Schau sie an, die Manager. Alexandra beweist gerade: Glocken lösen Sabbern aus."

„Gut, dass wir uns haben."

IM REVIER

Eine Klapperschlange wand sich aus dem hochgerollten rechten Ärmel einmal um den Unterarm und endete in einem Kopf auf dem Handrücken, den Mittelfinger entlangzüngelnd. Am anderen Arm endete der Schwanz in den Rasseln - rund um den Ringfinger tätowiert.

Weit zurückgelehnt saß er in dem Sessel; hielt die Zeitschrift mit beiden Händen. Las irgendetwas übers Jagen.

Sie setzte sich, sah ihm ins Gesicht, war abgelenkt von seinem Hals, auf dem die Schlangenmuster bei der kleinsten Bewegung farbig schimmerten.

Er ließ die Zeitschrift sinken. „Sieh an, eine Politesse. Hast dich wohl verlaufen, oder?"

„Hauptkommissarin".

„Wow. Das heißt, du füllst Zettel am Schreibtisch aus, statt auf der Straße? Schlage vor, du verziehst dich in dein Revier."

„Warum habt ihr den Jungen zusammengeschlagen?"

„Der wollte meine Mädels ins Frauenhaus bringen. War geschäftsschädigend. Kann ich in meinem Revier nicht zulassen."

„Der Junge ist tot; dabei heißt es im Pott: Leben und Leben lassen."

„Keine Regel ohne Ausnahme. Ist jetzt ein mahnendes Beispiel."

„Verstehe. Geschäftsschädigend. Ausnahmen. Mahnendes Beispiel - ist in meinem Business ganz ähnlich."

Sie nahm ihre Dienstwaffe aus dem Holster und begann, den Schalldämpfer festzuschrauben.

„Dein Business?"

Er sah sie fragend an.

Sie zielte ruhig und schoss ihm zweimal in den Bauch.

„Ruhe & Ordnung."

NICHT MEINE GESCHICHTE

Von Satz zu Satz sprach sie schneller und lauter. „Ich will nicht in deinen Geschichten vorkommen. Du kannst doch nicht einfach über die Vorgänge hier schreiben. Jedenfalls nicht über mich." Er legte den Kopf schräg und sah sie an. Lächelte. „Eine Geschichte ist nur ein Text; du aber, Isabel, bist Teil meines Lebens." Eine Sekunde ließ er den Satz im Raum schweben; dann beendetet er den Videocall.
Während Mark langsam sein Notebook schloss, klingelte der Computer, ihr Foto blitzte noch kurz auf, bevor der Deckel einrastete und im Homeoffice Ruhe herrschte.
Zwei Tage später, Teamtag im Büro, und er war gerade dabei, sein Notebook aus dem Rucksack zu angeln, da stand sie schon in der Tür. „Ich muss mit dir reden. Das geht so nicht mit deinen Geschichten." Während sie weitersprach, hatte Mark nach seinem Handy gegriffen und zu tippen begonnen. „Hörst du mir überhaupt zu? Was machst du da?"
Er sah auf und ihre Blicke trafen sich. „Wie schön Isabel, dich endlich wieder live und ganz ohne Maske zu sehen." Er ging auf sie zu; stand jetzt einen Meter vor ihr. „Ich mache mir Notizen."

ÜBER DEN WOLKEN

„Es wird großartig werden."
Der Architekt lächelte. „Ja, die Aussicht ist grandios. Wir haben mit einer Drohne Fotos gemacht, sodass Sie den Blick aus Ihrem zukünftigen Eckbüro im Penthouse vor sich haben."
Die Chefin blätterte durch die DIN-A3-Fotos. „Und ansonsten natürlich Open Workspace, so dass die Fensterfront frei bleibt. Auch der Meetingplace wird ganz in Glas gehalten. Und dann die Dachterrasse vor meinem Büro; ich freue mich schon auf den Einzug."
„Dann kommen wir jetzt zu den 30 anderen Etagen - welche Raumaufteilung haben Sie sich für diese Mitarbeiter vorgestellt?", fragend sah er sie an.
Sie seufzte: „Stimmt, das müssen wir noch klären - machen Sie doch zum nächsten Termin einen Vorschlag."
Als der Architekt mit seinem Assistenten wieder im Auto saß, atmete er tief aus.
„Am liebsten wäre ihr wahrscheinlich, wenn wir das Penthouse ohne die ganzen anderen Etagen bauen könnten - auf einem 100 Meter hohen Erdgeschoss."

HONEYPOT

„Hallo Herr Pfahlmann, so schön, sie jetzt mal physisch zu treffen - treten Sie ein."

„Guten Morgen Frau Kistenfeger, ich bin gerade noch etwas überrascht; dachte, das sei die Adresse Ihrer Firma."

„Nachdem viele zu Hause arbeiten, hat Centersecurity entschieden, auf Büroflächen komplett zu verzichten. Aber kommen Sie doch erstmal herein und geben mir Ihren Mantel."

„Schön haben Sie es hier. Und selbst der Vertrieb arbeitet im Homeoffice?"

„Manche Kollegen reisen zu den Kunden - ich habe entschieden, das ganze Heim zum Office zu machen. Das eröffnet ganz neue Möglichkeiten - schauen Sie, ich habe uns ein kleines Menü zubereitet und anschließend können wir auf der Couch über ihr Rechenzentrum sprechen."

„Ich bin schon sehr neugierig auf ihre neue Sicherheitssoftware."

„Ja, unser Come-near-Konzept ist sehr erfolgreich; scheinbar gelingt es dabei dem Außenstehenden tief einzudringen, doch das dient nur der Ablenkung. Wir geben Ihnen das Gefühl, Herr der Situation zu sein, dabei sitzen Sie längst schon in der Falle."

SCHULWECHSEL MIT HANDYCAP

„Guten Tag, unser Kind ist blind, will jetzt das Gymnasium besuchen und benötigt eine tägliche Fahrgelegenheit zum nächstgelegenen Gymnasium für Blinde."

„Wir lang ist denn die Fahrstrecke?"

„21 Kilometer"

„Da finden wir sicher etwas näher gelegenes."

„Aber es gibt nur das eine Gymnasium mit Inklusion für Sehbehinderte."

„Inklusion ist Inklusion."

„Aber. Aber es ist doch etwas komplett anderes, ob in einer Inklusionsschule Fahrstühle und breite Türen etc. für Rollstuhlfahrer existieren oder ob dort Lehrerinnen arbeiten, die Braille beherrschen."

„Wir machen da keinen Unterschied."

„Aber der gesunde Menschenverstand…"

„Wenn ich hier mit gesundem Menschenverstand arbeiten würde, würde hier sowieso vieles anders laufen."

ANDERE ZEITEN

„Guten Morgen, Direktor Sänger."

„Herr Dr. Nagel, vielen Dank, dass Sie als Rentner dem Aufruf: ‚Lehren aus dem Leben' gefolgt sind. Nach Ihren ersten Tagen als Physiklehrer möchte ich Ihnen ein Feedback nicht vorenthalten. Zunächst: Wir kündigen Exen immer schriftlich gegenüber den PSB an."

„Den was?"

„Personensorgeberechtigte, das ist die offizielle Bezeichnung, nachdem Erziehungsberechtigte zu sehr nach einer vom Kindeswunsch abweichenden Zielorientierung klang."

„Eltern also?"

„Nein. Patchwork und soziales Geschlecht verbieten diesen Begriff ebenso wie Vater und Mutter."

„Widerspricht die Ankündigung nicht dem Wort Extemporale?"

„Nein, wir vertrauen da ganz auf die Diskretion der PSB. Und zweitens: Sie haben gestern Paul gegenüber von einer Note für seinen Vortrag gesprochen."

„Er war nicht vorbereitet und bekam eine wohlwollende 4- für sein fadenscheiniges Wissen."

„Wir formulieren dies ausschließlich in der standardisierten Rückmeldesprache und dieses „noch ausreichend" natürlich gegenüber den Kindern nur, wenn die PSB in der Datenschutzerklärung die Veröffentlichung gegenüber den Kindern freigegeben haben."

„Äh, ja, ok."

Außerdem erwähnten Sie offenbar Beförderungen nach Leistung. Wir nennen das Versetzung und bei uns werden regelmäßig alle Kinder befördert, d.h. versetzt."

„Ja, jetzt kann ich mir das vorstellen."

SICHERHEIT MUSS SEIN

„Wenn hier ein Geschäft einziehen soll, müssen die Holztüren natürlich ersetzt werden - durch Stahltüren". Frau Knust wandte sich an ihren Begleiter. „Herr Fischer, schreiben Sie das unter die Maßnahmen." Der junge Mann notierte etwas auf seinem Klemmbrett.

Frau Hofmanns verdrehte die Augen. „Wirklich? Stahltüren? Mehrere?"

„Ja, Stahltüren sind vorgeschrieben. Das hier ist der Hauptgang, da müssen alle Türen auf dem potenziellen Fluchtweg aus Stahl sein."

„Aber das ist ein ziemlich altes Gebäude; hier haben schon die Kaufleute der Hanse gehandelt."

„Hanse kenn ich nicht und früher ist irrelevant - es gelten die neuen Vorschriften."

Herr Fischer ergänzte: „Sehen Sie es mal so: selbst wenn dieses Fachwerkhaus mal brennt, die neuen Türen bleiben Ihnen in jedem Fall erhalten."

Märchenhaft

KLEIDER SIND WICHTIG...

Während zwei Tauben auf dem Grab saßen und tratschten:

„Weinen löst ja zumeist keine Probleme."
„Zu einer Party wollen und nichts anzuziehen zu haben, muss schrecklich sein."
„Waschen allein aber wird nicht reichen, oder?"
„Nein, mit den Lumpen kommt sie nicht am Türsteher vorbei."
„Wäre nackt eine Alternative?"
„Nicht in diesem Jahrhundert.",

kam ganz in der Nähe Goldmarie zurück von Frau Holle, hängte achtlos das nun goldene Kleid samt Schuhen in den nächsten Baum und widmete sich wieder ihrer Hausarbeit. Der Wind nahm die Kleidung auf, trug sie fort und legte sie sanft in den Baum über dem Grab, wo das Schluchzen der jungen Frau augenblicklich erstarb.

....GOLD AUCH

Nachdem Hänsel und Gretel mit dem Schatz der Hexe nach
Hause kamen, ging es der Familie besser. Der Vater kaufte
eine Mühle und die beiden Kinder wuchsen zu ansehnlichen,
jungen Leuten heran, waren freundlich und liebenswert.
Aber wo Glück ist, gibt es Neider und irgendwann, nachdem
der Vater im Wirtshaus erneut nach seinem Wohlstand ge-
fragt wurde, erklärte er, seine Tochter könne Stroh zu Gold
spinnen.
Das sprach sich wie ein Lauffeuer herum. Bis zum König.
Der suchte gerade eine Schwiegertochter mit Aussteuer.
Hänsel lernte unterdessen Nähen, eröffnete eine Schneiderei
und lebte zufrieden mit sich und der Welt, bis sich eines Ta-
ges sieben Fliegen auf seinem Pflaumenmusbrot niederließen.

VERFLUCHT NOCHMAL

In jungen Jahren hatte sie das hübsche Nachbarskind in den Turm gesperrt und alles war wie es sein sollte, bis der Prinz aufgetaucht war. Der überlebte nicht nur den Sturz, die zwei fanden sich in der Fremde sogar wieder. Wie unwahrscheinlich war das denn?

Dann die Königsfamilie, deren Aberglauben ihr die Einladung als Dreizehnte verwehrte. Und am Ende? Statt tödlicher Rache - ausgeschlafen, Prinzenkuss und Happy End.

Und die Letzte hatte schon Messer, tödliches Korsett und Zauberkamm überlebt. Und als mit dem Apfel der Spiegel endlich Ruhe gab, kam wieder so ein Prinz, ruckelte sie hin und her und schon wieder der blanke Hohn: Wenn sie nicht gestorben sind....

Es machte einfach keinen Spaß mehr, seit überall diese jungen Prinzen wie Pilze aus dem Boden schossen. Gestern hatte sie auf der Gartenparty aus lauter Frust einen in den Brunnen verbannt; da kann der quaken, bis er schwarz wird.

PRINZENJOB

Die ersten zwei waren Zufall gewesen. Ich ritt an der Hecke
vorbei, als diese in sich zusammenfiel. Und dann stand ich
neben dem Mädchen, als sie aufwachte. Die Party war super,
aber eine Sechszehnjährige heiraten? Nein wirklich nicht.
Auch die Erweckte bei den Zwergen - die war sieben.
Dann die Drosselbartgeschichte, mein Gott was für eine Zicke
- nur noch übertroffen von dem Mädel mit der Erbse.
Die Hexe war rachsüchtig, jetzt musste ich gerettet werden.
Von einer Frau. Nach dem Wurf gegen die Wand konnte ich
allerdings wochenlang nur an Krücken gehen und stolperte
direkt ins nächste Abenteuer.
Die hat mich dann vor die Wahl gestellt. Einsam und blind
oder Heirat und Heilung. Weinte dann in meine Augen - wie
melodramatisch.

DIE KRAFT DER GEDANKEN

„Markus, Du hast doch dieses Seminar besucht. Geht es Dir jetzt besser?"

„Das war super, wir haben gelernt, uns unsere schönsten Momente im Leben intensiv, bunt und groß vorzustellen."

„Und das funktioniert?"

„Ja, wirklich, vom ersten Tag an. Aber der Umgang mit Problemen ist noch viel besser. Wenn ich mich über etwas ärgere, wie z.B. Autos auf dem Radweg, dann stelle ich sie mir gedanklich jetzt extrem verkleinert und schwarz-weiß vor."

„Na ja, kannst du machen, aber sie stehen dann immer noch im Weg."

„Das Magische ist, nach einiger Übung lasse ich sie jetzt wirklich schrumpfen."

„Wie bitte?"

„Klar. Ich verkaufe die dann als Spielzeug. Besonders die mit Hunden und Kindern drin sind der Renner."

Alter

TIME GOES BY

Luise sieht Lara an. „Er ist aus der Zeit gefallen und passt natürlich nicht hier rein. Und sein Humor - wie aus einem
Bond-Film der 70er." Lara geht im winzigen Büro auf und ab.
„Und jetzt? Was willst du mit ihm machen? Er kann ja nicht
einfach nichts tun, oder?"
„Nun, damit wäre er in diesem Laden nicht der einzige - und
er bremst zumindest nicht, macht sich nicht wichtig - kurz: er
stört nicht."
Es klopft, die Tür geht auf und Wolfgang steht im Türrahmen. „Guten Morgen. Hätte ich ja ahnen können - geschlos-
sene Tür: bestimmt eine Verschwörung. Da will ich nicht stö-
ren." Tür zu.
Lara bleibt stehen. „Genau was ich sage, alter weißer Mann.
Oldschool wäre noch ein Euphemismus."
„Aber wo er Recht hat, hat er Recht."

ZWEITE KINDHEIT

„Hallo Herr Rosen, wir sind Ihnen so dankbar, dass Sie in Ihrer Freizeit zum Vorlesen kommen. Amir ist nun seit zwei Monaten in Deutschland und seit vier Wochen bei uns im Kindergarten. Wir haben den Eindruck, jede Stunde Zuhören macht sich bemerkbar und ist wichtig - schließlich soll er in 10 Monaten in die Schule kommen."

„Hallo Amir, schön, dass du dir neben dem Studium Zeit zum Vorlesen nimmst. Viele der alten Leute hier bekommen ja nur selten Besuch oder haben niemanden mehr. Herr Rosen redet sonst nicht viel, aber wenn du da warst, spricht er beim Abendessen immer vom Vorlesen mit Amir. Jede Stunde Vorlesen hilft ihm, geistig aktiv zu bleiben."

NEULICH IN SCHWABING

„Können Sie mir etwas empfehlen? Das Buch soll ein Geschenk sein, für einen Mann, zu seinem 61. Geburtstag."

„Ja, wofür interessiert er sich denn?"

„Nun, wenn Sie so fragen. Man kennt sich ja doch weniger, als man denkt."

„Was ist er denn für ein Typ Mann? CIS, Trans oder Queer?"

„Also, er ist schon lange verheiratet. Mit einer Frau."

„Also eher konservativ."

„Ich weiß nicht, ob er sich so sehen würde. Er ist bei den Grünen."

„Da wird er es nicht leicht haben. Vielleicht etwas zum Aufheitern? Ich hätte hier einen Roman, ganz neu erschienen: ‚Der Hausmann'."

„Nein. Die haben eine Putzfrau. Ich kaufe, denke ich, doch lieber eine Flasche Wein."

KLASSENKAMERADEN

„Ich habe eine 1 in Mathe. Und du?"

„Eine 3-. Aber das ist ganz okay."

„Toni, das wird einfach nicht mehr dein Fach, oder? Ich hab'
dir schon vor Ewigkeiten gesagt: Üben, einfach mehr üben.
Immerhin geht es um die Mittlere Reife und dann: Kickstart
zum Abi."

„Das mit dem Abi wird man sehen. Vielleicht ist eine Ausbildung doch besser."

„Blöd, dass Deutsch erst so kurz vor den Ferien geschrieben
wurde. Da sitzt man über Weihnachten wie auf Kohlen."

„Ja, diese Nachhilfe verleiht einem wirklich einen Adrenalin-
schub nach dem anderen. Fast wie bei den eigenen Noten vor
60 Jahren."

JAHRESRINGE

Er öffnet die Tür zu ihrem Büro. Sie sitzt an Ihrem Schreibtisch. Er schaut sie an. Betrachtet sie. Tritt einen Schritt näher
heran. 2 m - Coronaabstand. Sie sieht ihn fragend an: „Alles
ok?". Er schweigt und guckt, versucht ein Lächeln, atmet tief
ein und aus. Ein und aus. Schweigt weiter.
Sie fährt ihren Tisch hoch, steht auf. Die Wintersonne lässt
ihre Haare feuerrot leuchten. Sie lächelt nicht mehr. Blickt
aus dem Fenster - „Kahle Bäume erinnern an den Tod - und
der Schnee betont noch, dass es zu Ende geht - mit dem Jahr."
Er streicht sich über die weißen Stoppeln, dreht sich um und
geht.

OLDSCHOOL

„Ich möchte Sie gern kennenlernen."

„Und da sprechen Sie mich einfach auf der Straße an? Das ist mir zuletzt als Studentin passiert."

„Wenn Sie lieber drinnen reden - wollen wir einen Kaffee trinken?"

„Hat man das früher so gemacht? Na gut."

„Ladies first."

„Wirklich? Fehlt nur noch, dass Sie mir aus dem Mantel helfen wollen."

„Ich bringe ihn nur kurz an die Garderobe."

„Worüber wollen wir plaudern?"

„Ich las Ihre Dissertation."

„Deshalb treffen wir uns ganz zufällig vor meinem Büro auf dem Trottoir?"

„Nennen wir meinen Spaziergang das Schaffen von Gelegenheit."

„Und jetzt?"

„Transponieren wir gemeinsam Brecht. Erst süße Teilchen, dann Wissenschaft."

Tragisch

AUSFLUG

Bumm, Bumm. Eine Tür fiel zu, ging wieder auf, die Schritte des Kindes hallten durch die Massagepraxis.

Der Praxisinhaber betrat den Behandlungsraum.

„Frau Stiel, Ich bitte Sie herzlich, Ihr Kind mit hier ins Zimmer zu nehmen. In den Behandlungsräumen könnte sich ihr Kind verletzen und das Rennen stört unsere Patienten. Ihr Junge kann sich doch hier ans Fenster setzen und Kirchen oder Kräne zählen. Von hier oben sieht man doch so viele Dinge"

„Ja, okay."

Er verließ den Raum und schloss die Tür.

Frau Stiel wandte sich an die Masseurin. „Bitte noch mehr oben links - das tut so gut."

Bumm. Türenschlagen. Stille.

„Jetzt", murmelte die Masseurin, „hat er wohl das offene Fenster gefunden."

HELDIN

Lea war mit dem Handy aus dem Büro gestürzt - hatte schon im Gehen das Telefonat angenommen.

Und während Markus Minute um Minute ungeduldiger auf ihre Rückkehr wartete, ahnte er schon, dass dieser Tag für immer im Gedächtnis bleiben würde.

„Es ist klein, 2 cm, aber es ist Krebs", waren ihre ersten Worte, während sie sich die Tränen abwischte. Sie wandte sich ab, schluchzte.

Markus hätte sie gern in den Arm genommen, aber Lea hatte in den Monaten der Zusammenarbeit nie den professionellen Abstand durchbrochen. So stand er, an ihren Schreibtisch gelehnt, sah sie an, während seine Kollegin ihre Tasche packte.

"Ich muss jetzt drei Kliniken besuchen und mich dann entscheiden. Ab Montag habe ich Urlaub – wird dann Chirurgie-Sightseeing statt Kolosseum und Sixtinischer Kapelle."

„Dabei", warf er ein, „wäre das doch der beste Ort zum Beten"

Sie drehte sich um, schniefte.

„Halt mir hier bloß den Tisch frei – ich komme wieder."

„Soll ich dich nach Hause bringen?"

„Nein lass mal, du musst ja jetzt für zwei arbeiten und mir hilft auch kein Trost, sondern nur ein Wunder."

„Mal sehen, was ich tun kann. Zu Hause habe ich noch ein Superman Kostüm und um dir zu helfen, würde ich mal eine Zeit lang aufhören, die Welt zu retten."

Sie lehnte sich an ihn.

„Zieh es an, wenn du mich besuchst."

WIE IMMER

„Hättest Du ihm noch etwas sagen wollen?"

„Ja, weil wir jeden Tag miteinander gesprochen haben."

„Woran denkst du, nachdem er gegangen ist?"

„Er hat es geliebt, das Spazieren, das Schlendern durch Städte, unsere Ausflüge in die Natur. Und er hat geredet."

„Worüber habt ihr gesprochen?"

„Bei den Themen aus der Zeitung waren wir uns meist einig und irgendwann sagte er: ‚Schluss, wir zwei Alten granteln schon wie zwei Alte.' In den letzten Jahren beobachtete er die Menschen, versuchte, ihre Motive zu verstehen. Er entwickelte eine Empathie, für die er sich als Manager nie Zeit genommen hatte."

„Was machst Du jetzt?"

„Ich räume hinter ihm auf."

„Und dann?"

„Hoffe ich auf ein Wiedersehen."

WILDNIS

„Mist. Man sollte doch meinen, oben in so einem Luxusbaumhaus gäbe es auch Empfang. Ich kann die Speisekarte nicht übersetzen. Karin, Du wirst wohl Dein Schulfranzösisch rauskramen müssen, um auszuwählen."

„Kein Problem, Bernhard. Entspann Dich. Genieße unsere Zweisamkeit. Ich bestelle jetzt und lass' es liefern. Beim Abendessen können wir dann den Elefanten, Giraffen und anderen Tieren zusehen."

„Denk' bloß an meine Allergien. Erinnere Dich, damals in Kolumbien; nur der Arzt am Nebentisch hat verhindert, dass ich hopps gegangen bin."

„Genau", dachte sie, „das war Pech. Blöder Zufall eben."

„Ja, Bärchen, deine Allergien" sagte sie, „ich denke an nichts anderes."

GESCHÄFTE

„Ich bin es jetzt leid."

Karin drehte sich zu Maja um.

„Was regst Du Dich denn so auf?"

„Seit die in dem psychologischen Zentrum eine neue Telefonnummer haben, verwählen sich ständig irgendwelche Menschen und erklären meinen Teammitgliedern, dass sie sich jetzt umbringen."

„Oh."

„Zwei meiner Leute haben sich gerade krank gemeldet, weil sie das nicht mehr aushalten. Ich muss mir etwas einfallen lassen."

„Leite sie einfach zu uns ins Callcenter um. Ich denke, wir können Ihnen etwas anbieten."

„Sicher?"

„Klar, ich dachte an ein schönes Paket: ‚Gut vorbereitet auf der letzten Meile.' Mit ein paar Schlaftabletten und Broschüren zum Nachlass oder Tipps wie: ‚Springen oder Hängen - welcher Abgang passt zu mir'?"

„Spinnst Du?"

„War ein Scherz. Ich konfiguriere eine Kurzwahl für das Routing ins Beratungszentrum in die Callcenteranlage."

KRIEGERWITWE

Tag und Nacht offene Fenster hielten die Temperatur im Winter unter Null. Sie nahm beide Daunendecken, dann ging das schon. „Stimmt doch Willie, Du magst es lieber kühl."
Sie betrachtete ihren ruhig daliegenden Mann.
„Willie, ich kann mir gar nicht vorstellen, wie es ohne dich wäre. Wir bleiben zusammen. ‚Früher', sag ich mir immer, ‚habe ich zum Winterende ja auch die schweren Pelzmäntel in den Keller gebracht. Da werde ich dich schon noch in die Kiste bekommen.'
Aber die Winter sind nicht mehr, was sie mal waren. Könnte sein, dass Klimawandel und Krieg uns auseinander bringen. Wenn du bei diesen Temperaturen nur noch in der Gefriertruhe liegen kannst, sprechen schon die Strompreise dafür, dich zu beerdigen."

UNSTERBLICHE HÖHE

„Klar, auch Schwäne und Flamingos, aber als Kind wollte ich vor allem zu den Giraffen - viel lieber als zu den Elefanten oder Löwen. Nach einem Besuch im Museum wünschte ich mir nichts mehr, als auch solche Ringe zu tragen wie die Kekawngdu. Jahrelang lief ich mit den scheppernden Halsreifen herum, und als Teenager fing ich dann mit Übungen an: Giraffen- statt Geierhals."

„Was auch immer du unternommen hast, es hat sich gelohnt. Du bist mir sofort aufgefallen."

Vladimirs Finger fuhren erst das Giraffenmuster auf ihrer Bluse, dann ihren Hals entlang.

„So lang, so weiß."

Er bedeckte ihren Hals mit Küssen, verharrte einen Moment mit den Lippen auf der Haut, bevor sich seine Eckzähne langsam in ihren Hals bohrten.

IN DER FRIEDHOFSGÄRTNEREI

„Corona wird uns noch ins Grab bringen."

„So schlimm?"

„Die Menschen treffen sich ja nicht mehr. Keine großen Hochzeiten, kaum ein Valentinsstrauß und selbst zum Muttertag sinkt der Umsatz."

„Und die Beerdigungen? An Corona sterben doch so viele."

„Ja, da hatte ich mir allerdings auch mehr erhofft. Wenn die Alten in den Heimen mit Maske vor Fernseher hocken, holen die sich nicht mal ne Grippe. Übersterblichkeit hatte ich mir anders vorgestellt."

„Kann man denn gar nichts tun?"

„Wie willst du die Leute zum Heiraten animieren in diesen trostlosen Zeiten?"

„Das nicht, aber ich muss doch morgen zur Blumenpflege in die Heime. Gib mir doch bitte den Amaretto und das Rattengift."

BILDSCHIRM-CHIRURGIE

„Uns ist bewusst, dass Online-Unterricht für Chirurgen nur eine Notlösung ist, dennoch wollen wir Sie so hautnah wie möglich teilhaben lassen, an unserem Blick ins Innenleben. Heute also live aus der Kinderpathologie."

Pascal fluchte. „Wie zur Hölle soll ich später operieren? Radfahren lernt man ja auch nicht durch Fernsehen."

„Wir richten gerade noch die Kamera, bevor wir den ersten Schnitt durchführen.", klang es aus seinem Notebook.

„Lily, komm' mal her!"

Seine kleine Schwester freute sich immer so, wenn er sich für sie Zeit nahm.

„Leg Dich mal hier auf den Tisch."

Während sie kichernd hochkletterte, schaltete er das Deckenlicht ein und öffnete leise klimpernd die Tasche mit dem nagelneuen Operationsbesteck.

Unverblümt

WEIHNACHTEN

„Man glaubt gar nicht, wie viele Frauen während der
Schwangerschaft von ihren Männern verlassen werden."
„Forschst du jetzt über Familien? Ich dachte Dein Schwer-
punkt sei therapeutische Hypnose."
„Ja, ich experimentiere gerade mit der Selbstsuggestion durch
Lesen."
„Was heißt das?"
„Ich schreibe Texte auf die Rückseite meiner Visitenkarte
und ‚verliere‘ sie bei den Kindersachen im Supermarkt."
„Zum Beispiel?"
„Jetzt im November und Dezember schrieb ich: ‚Der Advent
ist die Vorfreude auf ein Kind, das willkommen geheißen
wird, nicht nur von der Mutter, sondern von der ganzen
Welt.‘"
„Und dann?
„Dann tröste ich schwangere Singles."

DORFSTRASSE

Sabine durchwanderte das Dorf und freute sich auf den Waldweg ab Ortsende, wo die Hitze kaum mehr spürbar sein würde. Vorher aber noch einen Moment Rast auf der Bank dort vorn. Als sie näherkam, las sie: ‚Nimm mich mit‘ in großen Lettern auf der Bank und auf einem Schild davor. Sie setzte sich, spürte die Sonne auf der Haut, und den Schweiß, der in Rinnsalen über ihren Körper floss.

Ein Mann, so wie sie etwa 30, setze sich ans andere Ende der Bank.

Auf dem Parkstreifen gegenüber stieg ein Mittvierziger aus seinem Auto, schlenderte über die Straße, blieb vor ihnen stehen und sah Sabine lange an. Von oben bis unten, von unten bis oben.

Dann wandte er sich an den Sitzenden.

„M oder S?", fragte er.

„M", war die Antwort, „und ich habe meine eigenen weichen Fesseln dabei." „Dann komm mit." Bevor sie gingen, betrachtete der Abholer Sabine erneut und leckte sich langsam über Ober- und Unterlippe.

SOMMER AM NORDPOL

Ruprecht brummt: „So eingesperrt, können die armen Kleinen
gar keinen Mist verzapfen. Wofür repariere ich eigentlich
meine Ruten? Im Winter haben wir die vierte Welle, und eine
öffentliche Bestrafung fällt sowieso aus."
Nikolaus schaut auf.
„Privacy shield, Cloud act ‚demnächst muss ich die Misseta-
ten wieder wie vor 100 Jahren auf Papier notieren. Und selbst
das ist vermutlich nicht datenschutzkonform."
„Das war mal mehr als ein Job: das war Erfüllung", ruft Ruprecht, während er ein Bündel zusammenschnürt.
„In meinem Arbeitsvertrag steht auch nichts von AHA Regel,
sondern ‚Wohnen wie der Weihnachtsmann. Leben Sie zusammen mit Elfen und genießen Sie Nähe und Einfühlungs-
vermögen dieser hilfreichen Geister'. Das hat uns noch immer
selbst die ärgste Kälte gemütlich überstehen lassen" lächelt
der Nikolaus versonnen.

OPFER

Er ging den Flur entlang, langsam, für einen kurzen Blickkontakt und ein „Hallo" durch die geöffneten Türen. Endlich war hier wieder etwas los. Corona war, wie die tropfenden Desinfektionsmittelspender, aus der Öffentlichkeit entfernt worden. „Hi David, hast du mal einen Moment?" Lenas Stimme riss ihn aus seinen Gedanken.

„Na klar", antwortete er, betrat ihr Büro und setzte sich in einen der Besucherstühle. Sie ging um ihren Schreibtisch herum und schloss die Tür.

„Jetzt bist du schon seit einem Jahr dabei und dies ist das erste Treffen in 3D."

Sie blieb hinter ihm stehen. Er war sich sicher, falls er sich nur einen Millimeter bewegen würde, wäre eine Berührung unvermeidlich. David betrachtete ihr Spiegelbild im Fenster. Die schwarzen Locken, die feuerrote Bluse - ihre Blicke trafen sich und ihm wurde warm.

„Ich habe mich darauf gefreut, dich endlich näher kennenzulernen" Lena stand jetzt vor ihm, lehnte sich an ihren Schreibtisch. „Schön, aber unpraktisch", sie lächelte, die braunen Augen weit geöffnet und zog erst den linken, dann den rechten Schuh von den Füßen, während sich der schmale, schwarze Rock immer höher schob. Sie folgte seinem Blick und stellte den linken Fuß auf seine Stuhllehne. David sah erst den Fuß an, das Bein entlang und erstarrte; Schweißperlen standen ihm auf der Stirn.

„David" ihre Stimme weckte ihn wie aus einer Trance „Atmen".

Lena stand jetzt dicht vor ihm, ging in die Hocke und griff nach ihren Schuhen. Einen Moment hielt sie inne, ließ ihm den Blick in ihr Dekolleté, dann setzte sie sich wieder hinter ihren Schreibtisch. „David, wir sehen uns sicher nachher noch in der Kantine."

Und während er, angeschlagen nach diesem ersten Kontakt, ihr Büro verließ, holte sie eine Liste aus der Schublade und machte einen Haken hinter einen weiteren Namen.

ENTSPANNT GESPANNT

Er liebte den Sommer. Auf dem Parkplatz blieb er im Auto, bis sie vorbeikam. Schlank, 1,70 bis 1,80 groß, gut gelaunt und ohne Liegestuhl, Zelt und vor allem ohne Anhang. Er nahm seine Tasche und Sonnenbrille, verließ das Auto, machte kurz ein Foto Ihres Fahrzeugs und schlenderte langsam hinter ihr her zur Liegewiese. Es war so voll, dass er ohne Verdacht 5 m hinter ihr sein Handtuch ausbreiten konnte. Kaum saß er, schaltete er die Videokamera in der Brille ein. Schön, sie zog ihr Kleid aus und begann, sich einzucremen. Leise sang er die Musik aus den AirPods mit. Er freute sich schon auf die große Leinwand zu Hause.

ANALOGE 70ER

Der Kiosk ragte wie ein Schildkrötenkopf aus dem Haus auf den Gehweg.

Vorn war das Fenster, durch das der Verkauf lief. Umrahmt wurde es von den aktuellen Politik- und Wirtschaftsmagazinen.

Auf der linken Seite des Kiosks hingen die Hobbyzeitschriften: Fußball, Autos und Motorräder - der PC harrte noch seiner Erfindung.

Zu dritt standen die Jungs, alle mit dem ersten Flaum auf den Lippen, auf der anderen Seite der Bude und starrten auf die begehrten Heftchen hinter dem Glas.

„Meinst du, die verkauft uns das?" Andreas sah unverwandt auf die Zeitschriften.

Martin war zuversichtlich „Na klar, die Olle will doch verdienen."

„Wenn wir erwischt werden - mit solchen Bildern, flippt mein Vater aus."

„Dein Pfarrervater - ganz Menschenliebe, oder? Meine Mutter würde, glaub' ich einen Monat nicht mehr mit mir reden und dann nur noch vom Internat."

Frank räusperte sich. „Ey, wir stehen hier ein bisschen auffällig rum. Will diesmal einer von Euch?" Kurzes Schweigen. Längeres Schweigen. „Dann, jeder nen Zwickel." Frank hielt die offene Hand hin, in der schon zwei Mark lagen.

Er ging ums Eck, blickte kurz den Gehweg entlang - kein potenzieller Kunde in Sicht - und trat an das Fenster. „Guten Tag, ich hätte gern einmal Pez Erdbeere, den Playboy und eine Cola."

Verlängerung

TEILE UND HERRSCHE

„Das ist ideal,", dachte Lena, „der Waggon ist fast leer."
Sie saß sehr aufrecht auf dem einzigen reservierten Platz, mit
einer Zeitschrift in den Händen.
Hinter ihr schnurrte die Tür auf. Sie blickte konzentriert in
ihre Lektüre. Ein Mann kam, blieb kurz neben ihr stehen,
schritt weiter, ging zurück, verschwand wieder durch die Tür.
Aus den Augenwinkeln hatte sie ihn beobachtet, schätzte ihn
auf Mitte 40 Jahre, 1,90, Lederschuhe, leichtes Bäuchlein.
Und jetzt suchte er den Fehler bei sich.
 Sie hörte die Tür, er kam zurück, blieb neben ihr stehen,
räusperte sich.
„Könnte es sein, dass Sie auf meinem Platz sitzen?"
Lena sah ihn an. „Ist das nicht Platz 59? In Wagen 1?" fragte
sie und legte den Kopf ganz leicht schräg.
„Das hier ist Wagen 2" antwortete er.
„Oh, dann mach ich hier natürlich den Platz frei." Sie sah zu
ihm auf, drückte die Brust raus.
„Ach was," er lächelte, „hier ist ja Platz genug, ich nehme
einfach die nächste Reihe."
„Ja, an Platz herrscht kein Mangel, eher am Kaffeeservice."
Sie lachte.
„Gute Idee, ich hole uns zwei. Milch, Zucker?"
Er hatte seinen Montblanc-Rucksack in der Reihe neben ihr
abgelegt. Nur der Gang trennte sie voneinander.
„So, einmal Kaffee mit zweimal Milch." Vorsichtig stellte er
den Becher vor ihr ab. Und ließ sie natürlich nicht ihren Kaf-
fee bezahlen.

„Ich heiße übrigens Jens Rother."

„Lena Marks, und von mir aus gern per Du."

„Und was machst du in Bern, Lena?"

„Ich arbeite dort bei einer Bank, während ich in München meinen Master über Rückversicherungen schreibe. Erzähl doch mal von Dir. Hast Du ein Hobby?"

„Ich spiele Klavier."

„Hast Du ein Video? Kann ich mal etwas hören?"

Er beugte sich vor, gemeinsam sahen sie auf seinem iPhone, wie Jens auf einem öffentlichen Klavier in Münchens 5 Höfen erst „The Entertainer" und dann Jarretts „Part II c" spielte.

„Großartig, ich wäre so gern dabei gewesen." Sie strahlte ihn an. „Gibt es in München oder Bern irgendwo ein öffentliches Klavier, wo du mir etwas vorspielen kannst?"

Jens sah sie an, gefühlt zum ersten Mal mit voller Aufmerksamkeit und schwieg einen Moment.

„Jetzt", dachte Lena, „realisiert er 20 Jahre Altersunterschied und stellt sich uns zusammen vor."

„Ja, das wäre reizvoll. Ich bin jeden Monat zweimal im Münchener Königshof. Da gibt es neben gutem Essen auch einen Flügel."

Lena lehnte sich zurück, trank einen Schluck, lächelte. Schloss einen Moment die Augen, dachte:

„Was sagte ihre Professorin immer?: ‚Risiken muss man aufteilen'." Nicht dass Daniel (Bern) und Christian (München) nicht großzügig waren, trotzdem hatte Jens soeben einen Platz auf der Reservebank erhalten.

UNTERGANG

„Packt die Wertsachen in das Fass und dann könnt ihr lospaddeln."

„Bärchen, dann leere mal deine Taschen, vor allem der Autoschlüssel ist bestimmt nicht wasserdicht."

Er schüttelte den Kopf, „Ich habe nicht vor, hier zu baden, da sind ja keine schwarzen Streifen am Boden", legte dann aber doch Geld und Schlüssel in die Tonne.

„Setz Dich vorne hin, du bist der Steuermann." Barbara stieß das Kanu mit dem Paddel vom Ufer ab.

„Aber sitzt der nicht hinten?"

Sie lächelte. „Im Kanu herrscht Gleichberechtigung zwischen vorne und hinten."

„Weiß die Physik das auch?"

„Deswegen liebe ich dich, mein Klugscheißerchen."

„Die Strömung ist schneller als ich dachte."

„Ja, ein echtes Abenteuer. Wir müssen nur steuern, der Antrieb ist schon da."

„Schau mal, ganze Bäume sind hier unterwegs."

„Nach der nächsten Biegung kommt das Wehr, da müssen wir das Boot herumtragen, wenn du es nicht durchfahren kannst."

„Das sieht gar nicht so schlimm aus."

„Dann probier' es doch, ich schwimme hier ans Ufer."

Vorsichtig ließ sie sich ins Wasser gleiten.

„Wie, das kannst du doch nicht machen, ich müsste doch hinten im Boot sein"

„Du machst das schon, mein kluger Junge."

Als sie am Ufer war, blickte sie auf. Eine große 49 war auf die Außenmauer des Wehrs gemalt.

‚Können sie jetzt bald eine 50 raus machen - selbst mit Schwimmweste ist hier seit zehn Jahren keiner mehr lebendig durchgekommen.', dachte Barbara.

AM ANFANG WAR DAS WORT

Robert lauschte. Leise war es. Fühlte sich an, wie in einer
Bibliothek. Eine Nuance zu laut und man hatte sicher die gesamte Aufmerksamkeit der Besucher. Und hier sollte man jemanden kennenlernen können?
Er ging in den nächsten Raum. Außer ihm war keiner da. Gegenüber nah am Fenster stand eine Autotür, dunkelblau und
die ganze Tür war verbogen, als hätte ein Riese die Tür unten
und oben gepackt und zu einem Halbkreis geformt. Die Innenseite war weiß lackiert, alle Teile der Verkleidung entfernt.
Er suchte nach dem Schild. „ohne Titel" war die passende Be-
schreibung. Als er sich umdrehte, um noch einen letzten Blick
auf die Tür zu werfen, stand eine Frau davor.
„Auch wenn der Künstler es nicht so genannt hat, fände ich
‚Mondnacht' ganz passend." sprach er in die Stille. Sie sah
ihn an. „Außen die dunkle Nacht, der Halbkreis deutet die
Rundungen des Himmelskörpers an und die helle Seite ist der
beleuchtete Teil des Mondes." Er setzte sich auf den Boden,
neben die Innenseite. „Sehen sie, die Reflexion der hellen
Fläche bescheint mich, so als ob ich nachts von unserem Tra-
banten angestrahlt würde." Er sah zu ihr hoch.
„Können sie mir noch weitere Werke erklären?"
Sie war währenddessen schon weiter gegangen und stand nun
vor einem Kirschbaum, den man mitsamt seinem nackten
Wurzelwerk mitten im Raum platziert hatte.
Robert stand auf und folgte ihr.
„Hier sehen wir den modernen Menschen, der losgelöst, un-
verwurzelt sein biologisches Dasein negierend keine Chance
mehr hat, Früchte der Erkenntnis reifen zu lassen. Stattdessen

hat sich die Weisheit aufgelöst - ist flüchtig geworden im künstlichen, virtuellen Raum."

Sie wanderte weiter in den nächsten Raum. Der ganz Boden war grün und wie zufällig verteilt waren Eisenstangen in den Boden eingelassen. Diese waren unterschiedlich lang, zwischen 1m und etwa 3 m hoch.

„Hier macht der Künstler auf ein besonderes Phänomen unserer Zeit aufmerksam. Früher hätten wir uns den wichtigen Menschen oder zumindest dem Hut auf der Gesslerschen Stange zugewandt, heute schauen wir nur noch gierig auf das Grün, welches natürlich den amerikanischen Dollar repräsentiert."

Sie sah ihn an: „Mein Name ist Mareike Kunz und ich bin die Kuratorin der Ausstellung". Robert zuckte zusammen. „Mir gefällt Ihre Sicht auf die Werke. Heute Abend haben wir eine Veranstaltung für die Ensembles der Oper und des Staatstheaters. Wollen Sie nicht eine Führung übernehmen? Ich bin sicher, wenn wir sie z.B. ‚Der Blick der Fantasie' nennen, haben wir schnell eine interessierte Gruppe zusammen"

„Ich äh, ich" Robert betrachtete sie. „Ich mache es, wenn sie morgen Abend mit mir Essen gehen."

Sie zögerte einen Moment. „Ja." nickte sie.

„Kommen eigentlich die Schauspieler der Faustaufführung? Sie wissen schon Helena, schönste Frau der Welt und so?"

Mareike lächelte. „Du siehst, mit diesem Trank im Leibe, bald Helenen in jedem Weibe."

„Ja. ja, so drückte es Goethe aus, wenn andere einfach vom Schöntrinken sprechen."

„Vielleicht hilft ja ein Glas auf dem Stehempfang?" sagte sie noch, bevor sie ging.

BLITZLICHTER

Wolfgang. konnte es immer noch nicht fassen. Worauf hat er sich eingelassen und was war überhaupt passiert?

/* Maria hatte ihn eingeladen.

Er ließ sich auf alle viere nieder - tastete die Wand entlang, kalt fühlt es sich an und ein bisschen klamm. Ein Keller vielleicht.

/* „Das alte Leben musst du loslassen", hatte sie gesagt.

Der Boden war etwas abschüssig zur Mitte hin - eine Waschküche vielleicht.

/* Auf dem Seminar war sie ihm direkt aufgefallen. Wem nicht? Sie war eine zehn.

Nichts war zu hören. Stille, eine vollständige Stille.

/* Schwarze Haare bis zur Schulter wie Gundel Gaukeley. Er hatte das Gespräch eröffnet mit: „Ich bin verliebt in eine Hexe".

Die Tür hatte keine Klinke, kein Schloss und saß dicht im Rahmen.

/* Sie hatte ihn streng angesehen, geschwiegen und als er sich schon mit Korb abwenden wollte, geantwortet: „Wenn du ein Magier bist, möchte ich deinen Zauberstab sehen." Den Seminarnachmittag hatten sie geschwänzt.

An der Tür, am Rahmen entlang fühlend, richtete er sich auf. Über der Tür war nur noch ein schmaler Streifen Mauerwerk. Seine Zelle war gerade mal 2 m hoch.

/* Fünfmal hatten sie sich in den letzten zwölf Monaten getroffen. Medizinerkongresse, sie war eine gefragte Rednerin. Er ihr Groupie in Row Zero.

Der Lichtschalter neben der Tür klickte, aber der Strom war abgesperrt oder gab es keine Leuchte? Er suchte danach in der Mitte der Decke, spürte nur eine Dose, fast völlig unter Putz.

/* Seine Frau hatte mal bemerkt, wie gut gelaunt er sei. Den Kindern ging nichts ab; die waren sowieso auf Pubertätsdistanz.

/* Aus Anlass des Einjährigen hatte sie ihn erstmals in ihr Haus eingeladen, wollte für ihn kochen und sie sprach immer vom „Loslassen", vom „Neustart zu zweit".

Eine Matratze, eine Flasche Wasser. Sonst nichts. Sollte er etwa in den Gully?

/* „Aber so ist es perfekt", hatte er gesagt, „ja, ich bin glücklich bei dir, aber werde meine Familie nicht verlassen. Lass uns erwachsen sein."

Sein Handy hatte er schon in Frankfurt, seinem offiziellen Ziel, auf Flugmodus gestellt. Sie würde nicht so dumm sein, es einzuschalten. Hier würde ihn keiner suchen.

/* Sie streichelte seine Wange, lächelte. Holte zwei Gläser mit Champagner aus der Küche. „Lass uns anstoßen, auf die zukünftige, gemeinsame Zeit."

Da war ein Geräusch. Mit einer Hand an der Decke bewegte er sich darauf zu. Ein Luftschacht. Sie räusperte sich.

„Auch Du wirst mich nicht verlassen."

Gewidmet natürlich S.King

DIAGNOSE

Ab und zu verirrte sich ein reflektierter Sonnenstrahl durch das Zugfenster bis zu ihr und dann schien der rote Schopf in Flammen zu stehen.

In diesen Momenten fiel es ihm noch schwerer, den Blick höflich abzuwenden. Das Feuerrot zog seine Aufmerksamkeit an, wie auch die selbstverständlich blauen Augen hinter den großen Brillengläsern.

Die Linien ihrer Lippen waren wie mit H8 gezogen, derartig klar grenzte sich das Rosa von der weißen Umgebung ab. Immer wieder wanderte sein Blick dorthin, beobachtete den Wechsel von konzentriert zu amüsiert, zu uninteressiert.

Das meiste, was sie auf dem Notebook las, spiegelte sich in den Lippen als belanglos, aber manchmal schien etwas ihre Aufmerksamkeit zu verdienen und streng sah sie dann aus, wenn sie mit ihrer kleinen akkuraten Schrift Notizen in den Collegeblock schrieb. Der gewichtige Inhalt wurde der flackernden Bewegung entnommen und zum Stillsitzen im Heft fixiert.

Welche Geschichten zaubern das Lächeln hervor, diese winzige Bewegung der Mundwinkel, die vorhin auf eine Nachricht auf dem Handy erfolgte?

Tunnel - und ihre Haut leuchtet wie weiße Schokolade im Computerlicht.

Als zwei Menschen vor ihnen mit ihren Reservierungen wedelten, standen sie auf und sie war groß und freundlich und studierte Medizin und das Examen stand an. Er zeigte ihr seinen Text über sie. „Erkennen Sie sich wieder? Soll ich es löschen?"

„Nein", hatte sie geantwortet, „nur zu."

Entspannt und tough - für eine Ärztin sicher eine gute Kombination.

Jetzt, neu platziert, saß er parallel zu ihr, getrennt durch den Gang und betrachtete ihr Profil. Sie wirkte jünger und kraftvoller und die Sneakers schienen nicht für Teppich, sondern lange Wanderungen in den Bergen gemacht. Die knöchelkurze hellgelbe Hose mit der rosa-weiß gestreiften Bluse dagegen wollte in die Stadt, die sommerlichen Temperaturen im Café genießen.

Während er sie sich gerade in sein Lieblingslokal phantasierte, drehte sie das Notebook in seine Richtung und er las: Häufige Symptome bei männlichen Rentnern: 1. Blasenschwäche 2. Bauchfett 3. Glatze 4. Bluthochdruck 5. Erektionsstörungen…"

Sie drehte den Computer zurück, lächelte zu ihm herüber und formte mit den Lippen ein lautloses „Erkennen Sie sich wieder?"

MIT ALLEN SINNEN

Leon hatte die Augen geschlossen, lauschte „Por Una Cabeza" in seinen BeatBuds und freute sich darauf, mit Elena die nächste Stufe des Tangotanzens zu erklimmen. Sie hatten sich ganz auf den Studiochef und seine Paarungen verlassen und würden sich heute kennenlernen. Bei geschlossenen Augen blendete er die U-Bahn um sich herum aus und sah sie beide schon vor sich, im Takt von Gardels Musik schwungvoll durch den Tanzsaal gleitend, während ihre langen blonden Locken um sie schweben würden. Er sah blauen Lavendel vor sich, farblich ein perfekter Kontrast zu Elenas Mähne. Sogar der Duft schien nah zu sein. Tief atmete er ein.

Ein scharfer Geruch ließ ihn die Augen öffnen.

Gegenüber hatte sich ein Mann niedergelassen. Vermutlich wie Leon, Ende 20, allerdings völlig aus der Form geraten. Sein Gesicht war rund, pausbäckig, und die dünnen blonden Haare fielen nach einem rechten Seitenscheitel weit den Rücken hinunter. Obwohl er nur ein schlabberndes, ausgewaschenes ‚Hard Rock Cafe' T-Shirt über dem deutlichen Bauch trug, schien er stark zu schwitzen. Gerade war er dabei, ein Feuchttuch, wie es nach dem Verzehr fettiger Speisen benutzt wird, aus seinem Tütchen zu ziehen. Die Duftwolke aus Alkohol, Kölnisch Wasser und Desinfektionsmittel wurde dichter. Der Blonde begann, sich die Finger einzeln abzureiben, bevor er dann die Hände langsam innen und außen reinigte. Dann wischte er ausgiebig mit dem Lappen über die behaarten Arme bis zu den Ärmeln des T-Shirts. Als der Mann anschließend das Tuch in der rechten Hand ausbreitete, raubte Leon die Verbindung aus dem Anblick, der olfaktorischen Intensität und der Assoziation mit weicher Hähnchenhaut den

Atem. Er stand auf, sah aber noch, wie sich sein Banknachbar nun gründlich immer wieder durchs Gesicht fuhr, um zum Schluss die Haare mit der linken Hand anzuheben und mit der Rechten akribisch den Hals rundherum zu ‚waschen'.

Als Leon den Tanzsaal betrat, konnte er Elena noch nicht sehen. Sie ist offenbar der Typ „im letzten Augenblick" dachte er noch, als der Tanzlehrer auf ihn zutrat.

„Leon, leider liegt Elena mit Corona danieder, aber für die heutige Stunde konnte ich Ersatz organisieren. Ah, da kommt er schon. Jürgen kann sich auch in den weiblichen Part wunderbar einfühlen."

Als Leon sich zur Tür umdrehte, sah er kurz noch ‚Hard-Rock-Cafe', bevor eine Welle von Übelkeit ihn zwang, sich schwer atmend auf dem Tanzlehrer abzustützen.

KEIN PYGMALION, KEINE APHRODITE

Er himmelte sie an. Sie schwieg. Er trug selbstgeschriebene
Gedichte vor, die sie bei guter Laune belustigt zur Kenntnis
nahm, meist aber sagte sie so etwas wie „Sprich schneller"
oder „Schick sie mir nicht" oder „Sei still, ich arbeite."
Manchmal setzte er an, ihr seine Verliebtheit zu gestehen.
Tonlos trafen sich ihre Blicke. Sie setzte das Headset auf und
schwieg.
Sie schwieg oft. Er sah sie an. Er wusste, dass heutzutage
schon Blicke ein Risiko darstellten. Je häufiger er hinsah,
desto mehr Schönheit entdeckter er.
Vor allem ihre Lippen faszinierten ihn. Sie bildeten farblich
einen deutlichen Kontrast zu ihrem Gesicht, das geradezu
Vorbild für ‚marzipanfarben' war. Die obere Linie des Amor-
bogens war fast waagerecht, der Griff mehr eine Andeutung.
Beide Lippen waren deutlich ausgeprägt und fast gleich groß.
Natürlich waren Ihre Zähne makellos und ihr lautes, dunkles
Lachen konnte die Aufmerksamkeit aller auf sich ziehen.
Er aber mochte noch mehr die ruhigen Momente, in denen sie
entspannt war, im Gespräch lächelte und ihre gesamte Mimik
Zufriedenheit, vielleicht sogar eine Andeutung von Glück,
ausstrahlte. Diesen Ausdruck, bei dem ihre Lippen sanft auf-
einander lagen, rot leuchtend, glatt und rund, mit diesen leicht
nach oben deutenden Mundwinkeln, den weit geöffneten Augen ganz ohne den häufigen Spott, konnte sie minutenlang
beibehalten und ihm kam sie vor, wie die zur Statue verwan-
delte leibhaftige Schönheit. Wenn sie in Terminen wohlwol-
lend in dieser Haltung komplexen Erläuterungen lauschte,
trieb ihn die Befürchtung um, jemandem könnte auffallen,
dass er sie und nicht den Referenten ansah.

Er begann, sie zu zeichnen. Abgesehen von einem kurzen Versuch, online Skizzieren zu lernen, hatte er seit der Schule nicht mehr intensiv an einem Bild gesessen. Sie ließ es geschehen. Er hatte sich für Bleistifte entschieden, obwohl er immer wieder versucht war, für das Himmelblau ihrer Augen zum Buntstift zu greifen.

Nach einem Jahr, nach fast 50 Anläufen, war er mit dem Ergebnis zufrieden. Im letzten Moment hatten Lippen und Augen Farbe erhalten.

Er drapierte das Bild vorsichtig abends auf ihrem Platz. Da lag es lange, leuchtete rot und blau, denn sie kam nie wieder.